로크미디어가
유혹하는
재미있는 세상

ROK
MEDIA
로크미디어

만렙닥터
리턴즈

만렙 닥터 리턴즈 5

2022년 4월 7일 초판 1쇄 인쇄
2022년 4월 12일 초판 1쇄 발행

지은이 13월생
발행인 김정수 강준규

기획 이기헌 왕소현 박경무 강민구
책임편집 주현진
마케팅지원 이원선

발행처 (주)로크미디어
출판등록 2003년 3월 24일
주소 서울시 마포구 성암로 330 DMC첨단산업센터 318호
Tel (02)3273-5135 **편집** (070)7860-2726 **Fax** (02)3273-5134
홈페이지 rokmedia.com **E-mail** rokmedia@empas.com

ⓒ 13월생, 2022

값 8,000원

ISBN 979-11-354-7405-7 (5권)
ISBN 979-11-354-7400-2 04810 (세트)

만렙닥터

13월생 현대 판타지 장편소설 ⟨5⟩

리턴즈

Contents

의형제 간지석 (2)

"형님! 왜 그러십니까?"

바닥에 쓰러져 버린 간지석.

딸각, 펜 라이트를 꺼내 간지석의 동공반사를 확인해 보니, 전혀 반응이 없었다.

"……형님! 제 말이 들리……."

이미 전혀 의식이 없는 간지석이었다.

더 이상 그의 의식을 확인할 필요가 없었다.

그리고 지체할 시간도 없었다.

촤르르.

난 간지석의 셔츠를 들춰 복부, 배꼽 주변을 살펴보았다.

울룩불룩하며 펄떡거리는 복부!

게다가 부풀어 오른 배 주변이 점점 옅은 보라색으로 변해 가면서 딱딱해지고 있었다.

그 순간 난 확신할 수 있었다.

터, 터졌어!!

업도미널 아올타 에뉴리즘(복부 대동맥류), 즉 이미 복부 대동맥이 부풀어 올라 터지기 일보 직전까지 왔던 것.

어쩌면 이미 대동맥에서 피가 새고 있을 확률이 높았다.

젠장! 이대로 놔두면 수 분 안에 간지석은 죽는다!

난 할 수 없이 혼신의 힘을 다해 간지석을 병원 응급실로 데리고 갈 수밖에 없었다.

서운대 ER(응급실).

"응급 환자입니다."

"아, 네. 이쪽으로 오십시오."

"……."

여전히 의식이 없는 간지석, 난 서운대 응급의학과 당직의 도상균의 도움을 받아 그를 베드 위에 올려놨다.

"……."

여전히 의식이 없는 간지석, 그의 복부가 점점 짙은 보라색으로 변해 가고 있었다.

"헉, 이, 이게 뭐야? 수축기 혈압이 30도 안 나온다고??"

혈압을 확인한 당직의의 동공이 급격히 부풀어 올랐다.

"유, 윤진한 선생! 당장 노르 에피네프린 1앰플 투여하고, 수액 걸어! 노말 셀라인 풀드립으로!!"

당직의가 옆에 있던 레지던트 윤진한을 향해 목소리 톤을 높였다.

수축기 혈압 30.

이 수치가 의미하는 바가 컸다.

거의 생명이 위험할 정도의 저혈압이었기 때문.

따라서 일반적으로 혈압 상승제를 투여하고 수액을 때려 넣어 혈압을 올리는 행위가 적절한 조치일 수도 있다.

일반적인 경우에는 말이다.

의사의 경우, 혈압이 급격히 떨어지면 일단 정상 혈압으로 만들어야 한다는 강박이 있을 테니까.

하지만 지금은 틀렸다.

이미 복부 대동맥이 터져 복강에 피가 새고 있다면 혈압을 올리면 올릴수록 더욱더 위험해지는 건 당연한 이치 아닌가.

"……이 환자 업도미널 아올타 애뉴리즘(복부 대동맥류)입니다. 이미 대동맥이 터진 것 같아요. 지금 에피네프린 투여하면 위험합니다."

"지, 지금 복부 대동맥이 터졌다는 겁니까?"

"그렇습니다. 포터블 CT(이동식 CT)로 확인해 보시면 알 거 아닙니까?"

"……당신 의사입니까?"

"연희대학교 부속병원 김윤찬이라고 합니다."

"환자와의 관계는요?"

"동생입니다. 지금 자세하게 설명할 시간이 없으니 CT부터 찍어 봅시다. 빨리요!"

"아, 알았습니다."

"터, 터졌어. 진짜! 이걸 어떡하지? 셀리악(복강)에 액티브 블리딩(과다 출혈)이……. 진짜 업도미널 아올타(복부 대동맥)이 터졌어!"

잠시 후, 이동식 CT로 간지석의 복부를 촬영한 결과가 나왔다.

드르륵, 도상균이 마우스를 움직여 줌인, 줌아웃을 반복하더니 당혹스러운 표정으로 허리에 양손을 짚었다.

"……빨리요! 빨리 흉부외과 교수님께 콜하세요. 이 사람, 경파 그룹의 간지석 전무입니다."

"헐! 경파 그룹이라면 강경파 회장을 말하는 겁니까?"

이 병원 의료진치고 강경파와 간지석을 모르는 사람은 거의 없었다.

"네, 긴말할 시간 없습니다, 당장 콜하세요! 지금 VVIP 병실에 다들 모여 있을 겁니다!"

"아, 네. 야! 3년 차!"

"네!"

"아, 아니다. 내가 연락할게. 이 사람이 간지석이라고? 강경파 회장의 오른팔? 시팔, 좆 됐네."

도상균이 혼잣말을 중얼거리더니 황급히 응급실을 빠져나갔다.

잠시 후.

"안으로 들어가면 안 됩니까?"

"허락된 분을 제외하곤 아무도 들어갈 수 없습니다."

도상균이 강경파의 병실로 들어가려 하자 건장한 남자들이 길을 막았다.

"저기, 안에 흉부외과 과장님 계시면 좀 불러 주십시오. 급한 일입니다."

"그래도 안 됩니다."

"젠장, 지금 간지석이란 분이 쓰러지셨습니다! 당신 회사 전무지 않습니까?"

"네에?? 간지석 전무님이요?"

"네네, 급하니까 빨리요, 빨리!"

"네, 알겠습니다."

그제서야 화들짝 놀란 경호원이 문을 열어 주었다.

"자네가 여긴 무슨 일이야?"

도상균이 병실 안으로 들어가자 장상영이 매섭게 노려봤다.

"과장님, 실은……."

VVIP룸으로 올라간 도상균이 장상영 과장에게 간지석의 상태를 설명했다.

"확실해?"

"네네. CT 찍었는데, 복강에 피가 줄줄 새고 있습니다."

강경파의 눈치를 보며 소곤거리는 도상균.

"알았어. 지금 바로 내려갈게."

장상영이 무덤덤한 표정을 지으며 고개를 끄덕였다.

"네, 교수님."

"장상영 과장, 무슨 일인가?"

그 모습에 걱정이 되는지 원장 최고상이 장상영의 팔을 붙잡았다.

"……지금 간지석 전무가 응급실에 있다는군요."

"간지석 전무가 쓰러졌습니까?"

화들짝 놀란 최고상이 목소리 톤을 높였다.

"뭐, 뭐라고요? 지금 무슨 소립니까? 누가 쓰러져요?"

간지석이 쓰러졌다는 소식을 접한 강경파가 침대에서 벌떡 일어났다.

"아, 네, 회장님! 별거 아닐 겁니다. 제가 내려가서 확인해 보겠습니다."

장상영 과장이 최대한 침착한 표정으로 강경파 회장을 안심시켰다.

"그래요? 정말 무슨 일이 일어난 거 아닙니까?"

"하하, 괜찮습니다. 별거 아닐 테니 너무 걱정 마십시오. 괜히 무리하시면 안 됩니다, 회장님!"

"아, 알았어요. 빨리 가 보세요! 빨리!"

강경파 회장이 걱정이 되는지 손을 내저었다.

"네, 그러면 잠시 자리 좀 비우겠습니다. 문 교수, 내려갑시다."

"네, 교수님."

잠시 후, VVIP 복도.

"과장님, 도대체 무슨 일입니까? 언뜻 들어 보니까 복부에 블리딩이 액티브하다고 한 것 같은데? 그새 간지석 전무가 TA(교통사고)라도 당해서 업도맨 블런트 인저리(복부둔상)라도?"

"……업도미널 아올타가 터진 것 같습니다."

"뭐…… 뭐라고요? 복부 대동맥이 터진 것 같다고요?"

문상철 교수의 목소리가 미세하게 떨리는 듯했다.

"네, 일단 내려가서 확인부터 해 봐야 할 것 같아요."

"젠장! 이게 무슨 청천벽력이야. 강 회장 오른팔이 왜? 어떡하죠, 과장님?"

"일단 CT부터 봐야 할 것 아닙니까?"

"……아, 네."

"장 과장! 무슨 일이야?"

잠시 후, 최고상 원장이 뒤따라 나왔다.

"간지석의 복부 대동맥이 터진 것 같습니다."

"……뭐? 뭐라고??"

문상철 교수보다 최소한 열 배는 더 놀란 눈치다.

"아직 확실한 건 아니니, 내려가서 확인해 봐야 할 것 같습니다."

"그, 그래요. 나도 같이 내려가겠습니다."

"그러시죠."

'젠장! 이게 무슨 날벼락이야! 왜 이런 일이 우리 병원에서 일어난 거야?'

최고상 원장이 붉어진 얼굴로 투덜거리며 성큼성큼 엘리베이터로 향했다.

서운대 응급실.

응급실에 내려온 장상영과 그의 일행. 장상영 과장이 제일 먼저 CT 결과를 확인했다.

"……."

턱에 손을 괴고 CT 결과를 유심히 살펴보던 장상영 과장이 심각한 표정으로 입을 굳게 다물었다.

"헉! 이, 이게…….'"

뒤이어 CT 결과를 확인한 문상철 교수 역시, 외마디 탄성을 자아낼 뿐이었다.

'이미 터져 버렸어…….'

휙, 곧바로 간지석에게 다가가 셔츠를 젖혀 보는 장상영 과장. 얼굴 표정이 잿빛으로 변해 버렸다.

남산만큼 부풀어 오른 간지석의 복부.

내부 출혈이 있을지라도 혈액이 피부를 뚫고 나올 수는 없는 법. 따라서 복부에 고인 혈액의 압력에 의해 배가 부풀어 오른 것이다.

이미 복부 색깔이 짙은 보라색으로 변해 있었다.

"자, 장 과장! 어떻게 된 겁니까?"

최고상 원장이 불안한 듯 물었다.

"아무래도 맞는 것 같습니다."

"뭐? 업도미널이…… 터, 터진 거라고?"

자기도 모르게 목소리 톤을 높인 최고상 원장이 깜짝 놀라 손으로 자신의 입을 틀어막았다.

"네, 그런 것 같습니다."

"그, 그러면 어떻게 해야 되는 거야?"

"……글쎄요. 지금 상태라면…….'"

장상영 과장이 난감한 표정을 지었다.

"빨리 말씀해 보세요. 어떻게 된 건지!"

조바심이 나는지 최고상 원장이 장상영 과장을 재촉하며 바짝 마른 입술에 침을 둘렀다.

"……CT상에서 이 정도 블리딩이면 족히 1~2리터는 피가 샌 것 같습니다. 거의 온몸의 피가 다 쏟아져 나왔다고 봐야죠. 조금만 빨랐어도 어떻게 해 보겠지만, 지금은 생존 확률이 5%도 안 됩니다."

"헉, 수, 수술도 불가능하다는 겁니까?"

"네, 그랬다간 테이블 데스(수술 중 사망)가 올 수도 있습니다."

"안 돼요! 저, 절대 그런 일이 있어서는……."

띠리리리.

그 순간, 울리는 전화벨 소리. 서운대 부속병원의 이사장, 고창식의 전화였다.

"네네, 이사장님!"

최고상 원장이 핸드폰을 양손으로 받아 들었다.

─간지석 전무, 어떻게 된 겁니까?

"아, 네. 사, 사실은……."

─뭐예요? 솔직하게 말씀해 보세요. 심각한 겁니까?

"사실은…… 그게…… 좀 심각한 상황입니다. 그게 말이죠……."

"원장님, 사실대로 말씀해 드리세요. 숨길 일이 아닙니다."

최고상이 장상영의 눈치를 살피자 장상영이 고개를 끄덕였고, 그때서야 최고상 원장이 모든 사실을 이사장에게 밝혔다.

―살려 내세요. 무슨 수를 쓰든지 살려 내세요!

"그게 결코 쉽지 않은 일이라."

―난 그런 거 모르겠고, 그 조폭 새끼가 우리 병원에서 사망하면 당신들도 모두 옷 벗을 각오하시는 게 좋을 겁니다. 무조건! 이유 불문하고 살려 내십시오! 알았습니까, 최 원장?

"아니, 그게 아니라, 상황이 심각해서 이건…… 도저히 가망이 없는 일입니……."

뚝, 그 순간, 고창식 이사장이 매정하게 전화를 끊어 버렸다.

"이사장님! 이, 이사……. 젠장! 나보고 어떻게 하라는 거야?"

전화를 끊은 최고상 원장이 안경을 벗어 눈을 꾹꾹 눌렀다.

"이사장님이 뭐라십니까?"

"……이유 불문하고 살려 내랍니다. 간지석 저 사람이 우리 병원에서 죽으면 다들 옷 벗을 각오하라고 하더군요."

"그래요?"

뭔가 일이 잘 풀리고 있다는 표정이다.

장상영 과장의 입꼬리가 살짝 올라가는 듯했다.

"네네, 그래요. 아무튼 어떻게든 방법을 찾아보세요! 빨리!"

"이사장님이 정말 그러셨습니까?"

"그렇다니까욧!"

최고상 이사장이 신경질적인 반응을 보였다.

"……후후후, 결국 우리 손에 피만 묻히지 않으면 되는 거네."

그 순간, 장상영 과장이 회심의 미소를 지으며 혼잣말을 했다.

"뭐라고요? 피를 안 묻혀요? 그래서요?"

복부 대동맥 파열이 확인된 환자의 경우 대부분의 병원이 선택할 수 있는 선택지는 동일했다.

타 병원으로 이송하는 것.

물론, 그 병원은 고함 교수가 계신 우리 병원이었다.

사망할 확률이 매우 높은 환자를 받아들일 병원은 그 어디에도 없었다.

"……어차피 흉부외과는 연희병원이 국내 톱 아닙니까?"

"그렇지요. 거기 고함 교수가 있으니까. 그래서요?"

뭔가 느낌이 오는지 최고상 원장이 눈을 깜박거렸다.

"연희병원으로 이송하는 게 좋을 것 같습니다. 근거야 만들면 되는 거고요."

"근거를 만든다? 어떻게요?"

"……그건 제가 알아서 처리하도록 하겠습니다. 강 회장이 위에 있지 않습니까? 둘 중에 하나를 살려야 한다면 누굴 살려야겠습니까?"

장상영 과장이 최고상 원장의 귀에 대고 속삭였다.

"……아하!?"

뭔가 눈치를 챘는지 최고상 원장의 표정이 급 밝아지는 듯했다.

"……지금 상태라면 간지석 저 인간, 절대 못 살립니다. 뒷처리는 제가 알아서 조치해 두겠습니다."

"알겠습니다. 그러면 난, 장상영 과장만 믿겠습니다."

"지금 뭣들 하시는 겁니까! 당장 브리딩 잡지 못하면 이 환자 죽습니다!"

난 더 이상 이들을 지켜보고만 있을 수 없었다.

"당신은 뭐요?"

장상영 과장이 시큰둥한 표정으로 물었다.

"연희대 흉부외과 의사 김윤찬입니다! 지금 환자 개복해서 블리딩 잡지 못하면 죽습니다."

"연희대? 당신이 여기 왜 있는 거야? 당장 나가!"

최고상 원장이 옷소매를 걷어붙이더니, 삿대질을 하며 소리쳤다.

"지금부터 5분! 5분 안에 블리딩 못 잡으면……."

"지, 지금 여기서 메스라도 잡겠다는 건가?"

장상영 과장이 차분한 목소리로 물었다.

"네, 그렇습니다. 제가 해 보겠습니다."

"돌았군! 다들 뭐 해! 저 미친 인간 데리고 나가지 않고?"

"원장님, 잠깐만요! 아까 봤던 고함 교수 아래의 레지던트 군요."

장상영 과장이 최고상 원장을 제지하며 나섰다.

"그렇습니다. 연희대 흉부외과 4년차 레지던트 김윤찬입니다."

"지금 여기서 블리딩을 잡겠다고 했습니까?"

"그렇습니다. 시간이 없습니다. 서운대에서 하지 않겠다면 저라도 해야죠!"

"지금 당신의 행동이 얼마나 위험한 건지는 알고 있습니까?"

장상영 과장이 매의 눈으로 나를 노려보았다.

"지금 환자의 상태만큼 위험하지는 않다고 생각합니다."

"후후후, 배짱 하나는 맘에 드는군요. 당신의 모든 행동 하나하나 다 연희대병원이 책임져야 한다는 건, 알고 있지요?"

"물론입니다."

"……좋아요. 그럼 하세요."

뜻밖의 대답이었다.

"이보세요, 장 과장! 지금 무슨 헛소리를 하는 게요? 뭐, 뭘 시켜? 저런 풋내기를 뭘 믿고. 당장 응급실에서 내보……."

"어차피, 저 사람은 죽을 겁니다. 이송 중에 죽는다면 책임은 누가 져야 할까요?"

"그렇다고 수술을 허락하면 어떡합니까? 그것도 우리 병원에서."

"아니죠, 손은 연희대니까."

"손은?"

"네, 저 사람이 중요한 것이 아니라 연희대에서 하겠다지 않습니까? 연희대 부속병원에서 말입니다."

장상영 과장이 한쪽 입꼬리를 말아 올렸다.

"……연희대라고요?"

고개를 갸우뚱거리는 최고상 원장.

"그렇습니다. 이렇게 되면 굳이 연희대에 환자를 이송할 수고를 덜겠군요."

장상영 과장이 입가에 비릿한 미소를 띠었다.

"그, 그래도 되겠나? 정말 괜찮은 거야?"

여전히 의심의 눈빛을 거두지 못하는 최고상 원장이었다.

"물론 안전장치는 해 둬야겠지요. 제가 고함 교수와 통화를 좀 해 보겠습니다."

"그, 그래요? 전, 장 과장만 믿으면 되는 겁니까?"

"네, 제가 생각이 있으니까 알아서 처리토록 하겠습니다."

"……해도 되겠습니까?"

"네, 하세요. 연희대 레지던트 실력이 어느 정도인지 좀 봅시다! 김장수 선생! 당신이 좀 도와줘."

"네, 교수님!"

띠띠띠띠.

그러더니 장상영 교수가 핸드폰을 꺼내 고함 교수에게 전화를 걸었다.

"나, 장상영이요."

ㅡ네, 교수님. 고함입니다.

"다름이 아니라……."

장상영 교수가 핸드폰을 들고 응급실을 빠져나갔다.

"간지석 환자, 혈액형 O형입니다. 필 걸어 주세요."

"……네에."

여기서 복부를 절개해 블리딩을 막아야 한다.

"애너스띠지아(전신마취)는?"

"환자 의식 없는데 전신마취를 해서 뭐 합니까? 지금 복강에 피가 가득 차 있을 겁니다. 혈액 공급이나 신경 써 주세요."

"그, 그럼 여기서 직접 배를 열겠다는 거요?"

서운대 수련의 하나가 '저거 완전히 돌았네?'란 눈빛을 던졌다.

"길게 설명드릴 시간 없습니다. 메스 주세요."

"진짜 하겠다고요?? 인펙션(감염)은 어떡하려고 그럽니까?"

"하아……. 환자 5분 내에 블리딩 못 잡으면……. 됐고, 메스 주세요."

"돌겠네. 알겠소."

김장수가 어이없다는 듯이 내 손에 메스를 건네주었다.

이제부터 블리딩을 잡는다!

마치 임신부처럼 부풀어 오른 배. 멍이 든 것처럼 푸르스름하다 못해 짙은 보랏빛을 띠고 있다.

그렇다면 복강 내 흘러내린 혈액의 양이 대략 3리터는 된다는 소린데, 이 정도면 온몸의 피가 다 쏟아져 내려왔다고 해도 과언이 아니다.

몸 안에서 터진 피는 절대로 피부를 뚫고 나올 수 없지만, 지금 간지석의 배 속은 수류탄이 던져진 참호 속 같을 것이다.

겉은 멀쩡하지만 그 안은 아수라장이겠지.

지금부터 배를 가르고, 대동맥 파열 바로 2센티 윗부분을 리케이션(결찰)한다!

수없이 해 봤다.

수많은 사람을 이렇게 살렸다.

내 손으로 사망률 90%를 5% 이내로 줄이지 않았던가?

비록 지금 난 한낱 전공의지만 회귀 전 모든 감각을 그대로 느낄 수 있었다.

난, 최고의 흉부외과 써전이었으니까.

"……."

난 간지석을 바로 누인 후, 조심스럽게 메스를 가져다 댔다.

파바바밧!

메스가 간지석의 피부를 절개하며 파고들자, 기다렸다는 듯이 핏물이 솟구쳐 올랐다.

구멍 뚫린 둑 사이로 바닷물이 쏟아져 나오듯이 말이다.

순식간에 난 온몸에 피 칠갑을 할 수밖에 없었다.

상황은 생각했던 것보다 심각했다.

파파파팟!

뿜어 넘칠 것 같은 용암처럼, 시뻘건 피는 부글부글 끓는 듯했고, 예상했던 것보다 출혈은 훨씬 더 심했다.

"3분……. 3분 남았다."

짹깍짹깍.

응급실 벽면에 걸려 있는 시계 초침 소리가 그 옛날 학교 종소리처럼 들렸다.

"어, 어떻게 합니까? 혈압이 미친 듯이 떨어지는데…… 승압제라도 투여해야 합니까?"

"아뇨. 그러다간 출혈이 더 심해집니다. 승압제 필요 없

고, 피나 확인해 주세요. 한 열 팩 정도 더 있어야 할 것 같아
욧! 빨리요!"

"아, 알았어요. 근데 진짜 맨손으로 아올타(대동맥)를 잡겠
다는 거요?"

"……."

이제는 찢어진 대동맥을 찾아내야 한다.

김장수의 말 따위는 들리지 않았다.

오로지 난, 내 손의 감각에 의존해 대동맥을 잡고, 지혈을
해야 한다는 생각뿐이었다.

배 속에 시뻘건 피가 가득 차, 한 치 앞도 보이지 않는다.

한밤중에 내 딸, 서영이가 놀이터에서 잃어버린 검정색 핀
을 찾는 것 같다.

솔직히 두렵다.

단지 수술에 실패할까 봐서가 아니다. 이 일로 내가 오만
해지지 않을까 그것이 두려울 뿐이다.

난 반드시 성공할 것이다.

오로지 내 두 손의 감각에만 의지할 수밖에 없는 상황.

등짝이 후끈 달아오른다.

온몸의 땀구멍이란 땀구멍은 모두 열린 듯, 비 오듯이 땀
이 쏟아지기 시작한다.

하지만, 난 내 손을 믿는다.

20년간, 수많은 사람을 살렸던 그 경험을.

물컹.

난 메스로 가른 복부 사이에 손을 집어넣었다.

마치 흙탕물 속에서 미꾸라지를 잡는 것 같은 느낌이다.

하지만 찾아야 해!

반드시 찾아야 한다.

터진 대동맥 바로 윗부분 2센티 부위를!

그렇게 간지석의 배 속에 손을 넣어 휘젓던 찰나.

"찾았다!"

드디어 난 터진 대동맥을 잡아낼 수 있었다.

"클램프!! 클램프 주십시오!"

"잡았습니까?"

"빨리 주세요."

"네, 알겠습니다."

내 옆에서 어시스트를 보고 있던 김장수가 내 손에 클램프를 쥐어 주었다.

대동맥 겸자로 찢어진 대동맥 바로 2센티 위 부위를 잡고 액티브한 블리딩만 잡으면 위험한 고비는 넘길 수 있다.

그렇게 흘러간 시간은 10여 초.

드디어 터진 곳을 잡았다!

터진 대동맥 윗부분을 대동맥 겸자로 결찰하니 잡혔다.

호수공원에 있는 노래하는 분수처럼 솟구쳐 오르던 핏줄기가 귀신처럼 잔잔해졌다.

"자, 잡았어요! 이, 이 사람이 블리딩을 잡았습니다!"

그 모습을 옆에서 생생히 지켜보던 김장수의 갈라진 목소리가 새어 나왔다.

"와! 이, 이걸 해내다니? 당신 정말 나랑 같은 레지던트 맞아요?"

"4년 차세요?"

"……아, 아뇨. 3년 차입니다."

"후후후, 이게 짬의 차이입니다. 저 4년 차거든요."

난 손등으로 눈썹에 맺혀 떨어질랑 말랑 한 핏방울을 걷어냈다.

뭐, 온몸에 피 칠갑을 해서 굳이 그럴 필요는 없었지만 말이다.

"아무튼…… 이건 미친 겁니다. 나 태어나서 이런 건 처음 봅니다. 응급실에서 배 속에 손을 집어넣다니?? 그것도 마취도 안 하고?"

김장수가 여전히 믿을 수 없다는 듯이 혀를 내둘렀다.

♥

5분 전.

-김윤찬이가 하겠다면 하라고 하세요.

의외로 담담한 목소리의 고함 교수였다.

"고함 교수님이 책임을 지셔야 할 것 같은데, 괜찮겠습니까?"

─의사가 위급한 환자 살리겠다는데, 당연히 져야 할 책임이 있다면 져야겠지요.

"분명히 말씀드리지만, 우린 연희대병원에 환자를 인계한 겁니다. 따라서 이후 발생하는 모든 문제는 연희대에서 책임을 지도록 하셔야 할 겁니다."

─암요, 그렇다고 하지 않았습니까? 그런데 장 교수님, 이거 하나만큼은 분명히 해 두는 게 좋을 것 같군요.

"뭡니까?"

─교수님은 우리 김윤찬이가 수술을 실패할 거라고 단정하는 것 같은데, 그거 우리 연희대를 너무 띄엄띄엄 보시는 것 아닙니까?

"네?"

─교수님이 말씀하신 그 책임은 수술에 실패했을 때나 따져야 할 것 아닙니까?

"……."

─아마도 지금 전화 끊으시고 들어가시면 뭔가 상황이 바뀌어 있을 텐데요? 일개 레지던트 하나만도 못한 당신들 아닙니까.

"네? 지금 무슨 망발을!"

─망발은 서운대가 하고 있는 거죠. 아무리 가능성이 없

는 환자라도 죽어 가는 환자를 일개 레지던트에게 던져 놓고 회피하십니까? 서운대가 이 정도밖에 안 되는 병원이었습니까?

"말씀 삼가십시오."

-제 말 명심하십시오. 그 환자가 살든 죽든 당신은 의사로서 끝입니다. 실력이 없음을 자인한 꼴이며, 그보다 중요한 건, 당신들은 의사도 사람도 아니기 때문입니다.

"말조심하세요!"

-됐고요. 얼른 들어가 보시죠. 우리 윤찬이가 지금 뭘 해냈는지 눈으로 확인하셔야 할 것 아닙니까? 장상영 교수님! 저랑 내기 하나 하시겠습니까?

"무슨 뚱딴지같은 소립니까?"

-지금 저랑 통화한 지 대충 한 5분 정도 지난 것 같군요. 아마도 응급수술은 성공했을 겁니다. 전, 김윤찬 선생이 수술에 성공할 거라는 데 제 손모가지를 걸겠습니다. 오른손잡이니 오른쪽 손모가지를 걸어야겠죠? 장 교수님은 뭘 거시겠습니까?

"불쾌하군요. 전화 끊겠습니다. 다만, 지금부터 일어나는 모든 책임은 당신들 연희대가 져야 한다는 것만 명심하십시오."

뚝, 장상영 과장이 불쾌한 듯 거칠게 핸드폰 전원 버튼을 눌렀다.

'하여간, 연희대 것들은 또라이야, 또라이!'

"과, 과장님!"

그 순간, 헐레벌떡 달려오는 문상철 교수였다.

"뭡니까?"

"그, 그게…… 연희대 전공의가 블리딩을 자, 잡았습니다."

문상철 교수가 여전히 벙찐 표정을 지었다.

"뭐라고요? 뭘 잡아?"

"아, 그게……. 일단 액티브한 블리딩은 잡았다고요! 일단, 위험한 고비는 넘긴 것 같습니다."

"확실합니까?"

"네, 지금 응급실에서 제 눈으로 직접 확인하고 오는 길입니다."

"……."

잠시 생각에 잠긴 장상영 과장이었다.

"과장님, 어떡하죠?"

"뭘요?"

"그 연희대 전공의가 수술방을 열어 달라고 하는데요? 대동맥 치환술을 하겠다고……."

"그래서요?"

"열어 줘야 하지 않겠습니까? 응급수술을 한 장본인이기도 하고."

"문 교수! 지금 미쳤습니까? 그걸 왜 그 인간이 합니까?"

"아니, 과장님이 하라고 허락하지 않았습니까?"

문상철 교수가 이해할 수 없다는 표정을 지었다.

"제가 언제요? 제가 언제 우리 병원에서 수술하라고 허락했습니까? 지금 장난합니까? 우리 병원 환자를 왜 연희대 의사가 수술한답니까? 내가 직접 집도할 테니까, 앞장서요!"

급반전된 상황.

태세 전환이 빠른 장상영 과장이 직접 나서려 했다.

"문 교수, 빨리 응급실로 갑시다."

장상영 과장이 발걸음을 재촉했다.

"이게 무슨 소란이야?"

장상영 과장이 응급실로 들어오자마자 목소리를 높였다.

"……수술방 열어 주십시오. 액티브한 블리딩(과도한 출혈)은 잡았지만, 바로 치환술을 해야 합니다."

"블리딩을 잡았다고?"

장상영 과장이 간지석의 상태를 살펴보더니 눈을 치켜떴다.

"그렇습니다. 터진 대동맥 윗부분을 일단 결찰시켜 놨습니다. 바로……."

"수고했어. 지금부터는 우리가 알아서 할 테니 신경 쓰지 마라."

적반하장도 유분수라고 했던가?

물에 빠진 환자 살려 놓으니 보따리 내놓으라 한다더니, 다 죽어 가는 환자 살려 놨더니 쉬운 수술은 자기가 하고 생색은 다 내겠다는 뜻이 아닌가?

그렇게는 못 하지.

"수술방 열어 주십시오. 이 환자는 제가 더 잘 압니다. 제가 수술하겠습니다."

"이 환자는 피를 너무 많이 흘렸어. 더 이상의 침습적 수술은 위험하다는 걸 모르나? 지금의 상황으론 EVAR(경피적 스텐트 그라프트 삽입술)를 하는 게……."

국소마취 하고 허벅지 일부를 째고 스텐트를 심는 방식. 경피적이고 비침습적인 시술이었다.

"젠장, 스텐트 그라프트 좋아하시네."

"지금 뭐라고 한 건가?"

"이 환자 스텐트 그라프트 못 합니다!"

"그게 무슨 소리야?"

"마르판증후군! 간지석 환자는 마르판증후군을 앓고 있는 환자입니다."

"마르판증후군이라고??"

장상영 과장이 되물은 데는 그만한 이유가 있었다. 마르판증후군의 환자의 경우, 일반적인 복부 대동맥 환자와는 달리 혈관 자체에 구조적인 문제가 있기 때문에 스텐트 그라프트 시술을 금기시했던 것이다.

이를 모를 리 없는 장상영 과장이었다.

"……마르판증후군이 확실한가?"

흠흠, 조금은 당황스러운 표정의 장상영이었다.

"확실하다는 데, 제 오른팔을 걸겠습니다."

"미쳤군. 연희대 것들은 다들 미친놈들이야. 걸긴 뭘 걸어."

"그러니까, 수술방 내어 주십시오."

"됐고! 이 환자가 마르판증후군이란 증거는 없어."

"일반적으로 똥인지 된장인지 찍어 봐야 그 맛을 아는 건 아니지 않습니까?"

"연희대 것들은 이렇게 다 무례한가?"

"적어도 비겁하진 않습니다!"

"……됐고, 마르판이든 아니든, 시술을 하든 수술을 하든, 지금부터는 우리가 알아서 할 테니까 당신은 비켜!"

"치졸하시군요."

"뭐라?"

"당신들은 오늘로서 두 가지 모두를 잃었습니다. 하나는 환자를 잃었고, 또 하나는 의사를 잃었습니다."

"무슨 헛소리를 지껄이는 건가? 당장 비켜!"

"아뇨! 여기 수많은 전공의들과 수련의들이 있으니 한마디 더 해야겠습니다. '의사는 어떤 위협이 닥칠지라도 나의 의

학 지식을 인류에 어긋나게 쓰지 않겠다!' 히포크라테스의
선서입니다."

"그래서?"

"당신은 눈앞에 있는 환자를 버렸습니다. 그랬기에 이제 더
이상 의사가 아닙니다! 따라서 이곳에 있는 저를 포함한 모든
수련의, 전공의 들도 당신에게 배울 건 아무것도 없지요."

"……미친놈! 당장 비키지 못해! 뭣들 해? 저 사람, 당장
쫓아내지 않고!"

얼굴이 벌겋게 달아오른 장상영의 목소리가 찢어져 나왔
다.

"낙장불입! 고스톱 칠 때, 바닥에 떨어진 패는 주워 담을
수 없는 것 아닙니까?"

그 순간, 이기석 교수가 응급실에 모습을 드러냈다.

"당신은 이기석 교수 아니오?"

장상영 과장이 당황한 듯 물었다.

"네, 맞습니다. 연희대 것들이죠."

"누구 허락을 받고 여길 들어온 겁니까?"

"의사가 환자를 살리는 데 누구 허락을 받아야 하는 겁니
까?"

"하여간…… 연희대 이 인간들은 대책 없는 인간들이야.
문 교수, 당장 보안과에 연락해서 저 사람들 전부 끌어내라
고 하세요."

"과장님, 그게…….."

"뭐요?"

"그게 아니라…….."

문상철 교수가 우물쭈물 말을 잇지 못했다.

"왜요? 뭐가 문제랍디까?"

"저기요, 저기."

문상철 교수가 응급실 출입문 쪽을 가리켰다.

카악, 퉤!

"나, 이거 참! 드러워서."

강경파 회장이 경호원들의 부축을 받고 응급실 안으로 들어오는 것이 아닌가?

그 옆에 최고상 원장이 똥 씹은 표정을 짓고 있었다.

"회장님, 아직 움직이시는 건 위험합니다!"

그 모습에 장상영 과장이 득달같이 달려갔다.

"괜찮아. 괜찮아."

"하아, 그나저나 내가 장 과장한테 해 주고 싶은 말이 있는데, 해도 괜찮을까?"

"네네, 말씀하십시오."

"내가 세상에서 제일 싫어하는 유의 인간이 두 종류가 있지. 궁금하지 않나?"

"네?"

"말해 줄까?"

강경파 회장의 눈에 노기가 가득했다.

"아, 네."

"하나는 똥인지 된장인지 찍어 먹어 봐야 아는 인간이고, 또 하나는 다 차려 놓은 밥상에 숟가락만 얹어 놓는 인간이야. 그 머시냐? 그래서 내가 황종민인가 머시긴가 하는 영화배우를 제일 싫어한단 말이지."

강경파 회장이 눈썹을 치켜뜨며 미간을 잔뜩 일그러뜨렸다.

"……."

"내가 달건이 시절부터 지금 여기 위치로 올라오기까지 절대 버리지 않는 철칙이 있지. 그게 뭔지 아나?"

"아, 아뇨, 잘 모르겠습니다."

"밥 짓는 데 가만히 앉아 있는 놈, 남들 김치 담글 때 만화책이나 보고 앉아 있는 놈, 밥상 차릴 때 전화질하면서 수다 떠는 것들! 이것들 다 굶겨 죽였어! 아니면 갈기갈기 찢어 죽이든가."

"죄, 죄송합니다, 회장님."

그제서야 상황 파악을 마친 장상영이 연신 고개를 숙였다.

"그래요. 장 과장은 가방끈이 긴 사람이니까 내 말이 무슨 뜻인지 잘 알 거요. 그러니까, 우리 윤찬 선생이 하자는 대로 해 줘요."

"……아니, 그건."

"그냥 그렇게 합시다. 우리 윤찬 선생이라면 지석이를 맡길 만해요."

"아무리 그래도 병원에는 원칙이 있습……."

"원칙? 장 과장, 내가 지금 당신한테 허락을 구하는 것처럼 보입니까?"

추상같은 목소리.

강경파 회장이 날카롭게 장상영 과장을 응시했다.

"아, 알겠습니다! 준비토록 하겠습니다."

강경파란 사람을 너무나도 잘 알고 있었기에 더 이상, 말을 이어 갈 수 없었다.

잠시 후.

장상영 과장은 어쩔 수 없이 수술방을 열어 줄 수밖에 없었다.

"교수님, 와 주셔서 감사합니다. 아니, 제 말을 믿어 주셔서 감사합니다."

"당연히 믿지요. 내가 이 두 눈으로 확인한 것이 몇 번째인데? 내 눈이 뻐꾸도 아니고."

"하하하, 뻐꾸란 말도 아십니까?"

"그래요. 한국 영화를 보니까 많이 나옵디다. 믿었어요. 첫 통화 할 때 그 당당한 목소리를 듣고."

"감사합니다!"

"감사하긴요. 윤찬 선생 같은 제자가 옆에 있어 얼마나 행복한지 모르겠습니다."

"어휴, 낯 뜨겁게 그 무슨."

"……윤찬 선생은 샤워나 해요."

내가 스트레처 카를 밀고 가려 하자, 이기석 교수가 한사코 만류했다.

"저도 들어가겠습니다."

"이미 윤찬 선생이 다 해 놓은 거 내가 마무리하는 건데 뭘 같이 들어가요? 나한테 그 정도 기회도 안 주는 건가? 명색이 교순데, 뭔가 체면치레는 해야 하지 않겠습니까?"

이기석 교수가 입가에 잔잔한 미소를 띠었다.

"아…… 네."

"그래요. 일단 샤워부터 합시다. 누가 보면 좀비인 줄 알겠어. 온몸에 피 칠갑은 다 해 가지고. 얼른 씻기나 해요. 자세히 보니까, 진짜 좀비 같은걸."

이기석 교수가 눈을 제외하곤 시뻘겋게 변한 내 몸을 훑어 내리며 진저리를 쳤다.

10여 분 전.

"이봐, 이기석 교수!"

"네, 교수님."

"정말 괜찮겠나?"

"전, 김윤찬 선생을 믿습니다."

"그건 나도 마찬가지야. 자네도 옆에서 들었잖나? 김윤찬 선생의 진단은 정확해."

"그러니까 허락하신 것 아닙니까?"

"맞아, 당장 블리딩을 잡지 못하면 환자는 죽어. 이런저런 생각 할 겨를이 없었기에 허락한 거야."

"그러면 된 것 아닙니까?"

"그래도 좀 찜찜해. 아무래 그래도, 천하의 서운대야. 일개 레지던트가 타 학교 병원에서 메스를 잡는다는 게…… 괜히 뒤탈이 없을까 걱정된다는 거야."

"……그래서 제가 가겠다는 것 아닙니까?"

"자네가?"

"그렇습니다. 김윤찬 선생의 실력은 믿지만, 서운대를 믿을 수 없어서 말입니다. 최소한 교수로서 제자의 바람막이 정도는 해 줘야 하는 것 아닙니까?"

"괜찮겠나?"

"이미 김윤찬 선생 아니었으면, 옷 벗었을 겁니다. 저, 빚지고는 못 살아요, 교수님!"

"음…… 정말 그렇게 생각하나?"

"아뇨."

"아니라니?"

"어쩌면 김윤찬 선생이 저보다 낫다는 생각이 들 때가 있더군요. 배울 게 많은 친굽니다."

"하하하, 그래? 그렇다면 스승 노릇을 해 주는 것도 나쁘진 않지?"

"맞습니다. 제가 서운대로 갈 수 있도록 힘을 좀 써 주십시오."

"내가 힘을 쓸 게 뭐가 있나? 존스홉킨스 심장 센터 에이스가 하겠다는데? 그냥, 가시면 되겠습니다."

고함 교수가 대수롭지 않다는 듯이 어깨를 으쓱거렸다.

"하하하, 그렇습니다."

"얼른 가 봐. 김윤찬이가 애타게 기다리고 있을 테니까."

고함 교수가 흐뭇한 미소를 머금으며 손을 내저었다.

"네, 준비해서 바로 출발토록 하겠습니다."

♥

장태수 원장실.

"하하하하, 하하하하."

지축을 뒤흔들 것 같은 장태수 원장의 웃음소리가 가득했다.

"이보세요, 고함 교수! 이거, 이거 봤어요? 아주, 우리나라 기자들이 재치가 보통이 아냐!"

장태수 원장이 테이블 위에 잔뜩 쌓인 신문 더미를 가리키더니 하나를 집어 올렸다.

[열 교수 안 부러운 전공의!]
[연희대 레지던트가 서운대 교수들을 발라 버리다!]

누가 봐도 지극히 자극적인 기사였다.
"좀, 자극적인데요?"
"암요, 자극적이죠. 무척이나 자극적입니다. 그래서 내 기분이 더 좋은 것 아니오!"
"그렇게 좋으십니까?"
"암요, 암요! 앓던 이가 빠진 것 같소. 며칠 전에 원장단 회의가 있었는데, 서운대 최고상 원장이 나오지 않았더군요."
"그랬습니까?"
"당연히 못 나오지. 무슨 낯짝으로 거길 나와?"
"분위기가 썰렁했겠군요."
"썰렁했지! 한겨울도 아닌데, 코트를 입어야 할 판이었어."
장태수 원장의 입가에 미소가 가시질 않았다.
"그 정도였습니까?"
"30억인가, 40억인가? 미국에서 최신 장비 들여왔다고 자랑하려 했는데 못 하게 됐으니 얼마나 끙끙 앓았을꼬? 그동안 독일에서 뭘 들여왔다, 미국 어디랑 제휴를 맺었다, 뭐 세계 최고 의료 시스템을 구축했다면서 거들먹거리던 모습이 얼마나 꼴 보기 싫었던지!"

"서운대가 투자를 좀 많이 받긴 했죠."

"부원장이란 작자도 잠깐 나왔다가 브리핑만 하고 내빼더군. 회의 내내 고개를 푹 숙인 채였고 말이야."

"체면이 말이 아니었겠군요."

"시쳇말로 당빠지."

"음, 그래도 명색이 국내 최고의 병원인데……."

"그럼 뭘 해, 일개 레지던트한테 발린 주제에! 그 잘난 서운대가 그 정도도 못 하나? 하하하, 우리 새끼한테 완전히 발린 것 아닌가?"

촤르르르, 마치 가문의 가보를 받아 들듯 대문짝만하게 난 신문 기사를 들춰 보았다.

반달 모양으로 휘어진 두 눈엔 만족감이 흘러넘쳤다.

"김윤찬 선생이 제때 응급조치를 잘해서 그런 것 같습니다."

"그래요. 김윤찬 선생, 이 친구! 보통내기가 아닌 것 같아?"

"맞습니다. 잘 키우면 우리 병원의 간판으로 성장할 친굽니다."

"그래그래, 고함 교수가 잘 좀 닦고 조이고 해 보세요."

"네!"

"하하하하, 생각하면 할수록 통쾌하네! 서운대에서 우리 새끼가 환자 배를 갈라? 그것도 서운대 심장부에서? 하하하하!"

장태수 원장은 터져 나오는 웃음을 주체할 수 없었다.

백만 년 만의 휴가

서운대 병원 고창식 이사장실.

쨱각쨱각.

고창식 이사장과 강경파 회장 사이에 놓아둔, 찰랑거리는 커피가 이미 식어 버린 것으로 볼 때, 상당한 시간 동안 두 사람 사이에 침묵이 흘렀던 모양이었다.

"……내가 어떻게 했으면 좋겠소?"

그 침묵을 깨고 강경파 회장이 먼저 말문을 열었다.

"면목이 없습니다."

"내 친자식이나 다름없는 아이가 죽을 뻔했단 말이오! 그게 면목이 없다는 말로 무마가 되겠습니까?"

"죄송합니다. 모든 건 제 불찰입니다."

"아니아니, 불찰 같은 건 난 모르겠고, 불찰이었든 뭐든 그에 맞는 책임을 지는 모습이 필요한 것 아닙니까? 그게 순리죠."

"말씀만 하십시오. 뭐든 회장님이 원하시는 대로 해 드리겠습니다."

고창식 이사장이 최대한 저자세로 나왔다.

"정말이오?"

"그렇습니다."

"내가 70 평생을 살면서 버리지 않는 신념이 하나 있소. 다 차려 놓은 밥상에 숟가락, 젓가락만 올리는 놈들 손모가지를 잘라 버리는 것이오."

"……."

"그런데 지금까지 내가 그런 놈들을 밀어주는 멍청한 짓을 한 것 아니오? 사람 살리라고 후원해 줬더니, 이 병원엔 의사가 없네?"

"……아니, 그건 좀."

"어떻게 생각하시오? 매번 입에 발린 소리나 하고 잔머리나 굴리면서 나를 현혹했던 것 아니오? 아무리 훌륭한 명언도 실천하지 않으면 쓰레기가 되는 법이오."

"……."

"그래요. 가방끈도 짧은 달건이가 고매하신 이사장님 앞에서 말이 길었습니다. 이번 일과 연관된 모든 사람들을 잘라 버릴 수 있습니까?"

"그, 그건."

고창식 이사장이 난감한 표정을 지었다.

"그렇겠지요. 팔은 안으로 굽는다고 하지 않습니까?"

"……최대한 그에 걸맞은 징계를 내리도록 하겠습니다."

"징계라……. 보통 우리 쪽에선 이런 경우에 묻어 버리지요."

"네? 무, 묻어요??"

깜짝 놀란 고창식이 침을 꿀꺽 삼켰다.

"자기만 살겠다고 잔대가리 굴리는 것들이니까, 식구들은 죽어나든 말든 말이오. 많이 배운 사람들이니 그렇게는 못 하겠죠, 이사장님?"

"죄송합니다. 그건……."

"당연히 많이 배우신 양반들이니 나 같은 달건이 스타일은 안 될 것 같고……. 당신들이 하는 스타일대로 합시다."

"네? 어떤?"

"그건 우리 그룹 법무팀과 상의하시면 될 것 같군요. 전, 이만 바빠서 가 봐야겠습니다."

"아, 아니, 법무팀까지 갈 일이 아니지……."

"그러면 우리 식으로 할까요?"

뒷짐을 진 채 고창식을 노려보는 강경파의 눈빛이 섬뜩했다.

"……."

그 눈빛에 기가 죽은 고창식은 아무 말도 할 수 없었다.

"이사장님, 제가 이제 늙어서 예전 같은 깡다구가 없어요. 제가, 많이 참고 양보한 겁니다."

강경파가 문을 걷어차며 밖으로 나갔다.

그렇게 시간이 흘러 한 달 후.

워낙 건장했던 간지석이었기에 빠른 속도로 회복하고 있었으며, 경파 그룹의 법무팀은 국내 최고의 변호인단을 꾸린 채, 서운대를 대상으로 의료 소송을 제기했다.

아! 연간 후원 계약 파기는 당연한 수순이었다.

모든 것이 정리된 지금 난 백만 년 만에 휴가를 받았고, 3박 4일의 짧은 휴가의 첫 행선지는 지리산이었다.

지리산 입구.

푸르른 햇살이 찬란하게 부서지는 9월, 이 청명한 하늘을 좀 더 가까이서 보고 싶었기에 내가 선택한 첫 행선지는 지리산이었다.

야심한 밤 동서울터미널에서 심야 버스를 타고 백무동에 도착한 시간은 새벽 4시였다.

보통 일출이 목적이라면 최단 코스인 중산리 코스를 선택

하는 것이 일반적이겠지만, 내가 백무동 코스를 선택한 이유
는 단순하다.

코스가 길다는 것.

이런 코스를 잡은 건, 산을 오르면서 이런저런 생각을 정
리하고 싶어서였다고나 할까?

아무튼 인근 편의점에 들러 간단한 요깃거리와 따뜻한 물
을 챙겨 백무동 주차장 인근에 다다르니, 생각보다 많은 사
람들이 나와 있었다.

띠리리리.

그 순간, 울리는 전화벨 소리. 이택진의 전화였다.

이른 새벽의 갑작스러운 전화.

젠장, 무슨 일이 또 터진 모양이었다.

ㅡ윤찬아!

녀석의 목소리 톤만 봐도 안다. 뭔가 아쉬운 소리를 하려
는 모양이었다.

"509호 김창순 할머니 때문이지?"

확장성 심근병증을 앓고 있는 70대 할머니 환자였다.

ㅡ어? 그걸 어떻게 알았어?

"지금 이 시간에 전화할 이유가 다른 게 있겠냐?"

ㅡ하아, 이 새끼! 진짜 귀신이네? 그걸 어떻게 알았냐?

"그게 중요한 게 아니고, 빨리 말해. 무슨 문젠데?"

ㅡ아, 그게. 할머니 소변량……

"라식스(이뇨제) 투여해 줬어? 내 예상이 맞다면 12시에 투여될 게 안 된 것 같은데?"

　–아, 맞다! 라식스!

"어휴, 내가 이래서 뭔가 뒷골이 띵하다 했다. 안지오텐신(전환 효소 억제제)은?"

　–그것도 지금 해야 하나?

"……."

지금 해야 하나?

어이가 없었다.

"할머니, 뉴럴 트롬보시스(뇌재성 혈전) 보이시고 레프트 벤트리클(좌심실) 구현율이 19퍼센트인 건 알고 있니?"

　–당연하지! 그 정도는 나도 알아.

"그래? 그러면 뭘 해야 하는데?"

　–그, 그게…….

녀석이 우물쭈물 말끝을 흐렸다.

"아이고, 내가 너한테 의국을 맡긴 게 잘못이지. 진짜 몰라?"

　–그게…….

"엔티코아귤런트(항응고제)!"

　–엔티코아……. 맞아! 항응고제! 자식, 내가 지금 말하려고 했는데, 왜 먼저 말해?

도리어 녀석이 화를 냈다.

"……택진아, 우리 좀 잘하자. 할머니 전신색전증 병력 있어서 항응고제 시기 놓치면 큰일 나는 분이셔."

—아, 알았어, 인마. 항응고제! EDTA(에틸렌디아민테트라아세트산) 쓰면 되는 거지?

"제발! 쫌!"

—알았다고, 인마! 귀 안 처먹었으니까 목소리 좀 낮춰. 그나저나, 어디냐?

"백무동 입구."

—백무동 코스로 가는 거야? 일출 보려면 중산리로 가야 하는 거 아니냐?

"뭐, 그렇긴 한데, 이런저런 생각 좀 정리할 게 있어서."

—그래? 뭐, 그거야 네가 알아서 하고. 아무튼 몸조심히 잘 다녀와라.

"너 때문에 잘 못 다녀올 것 같다."

—헤헤헤, 걱정 마라. 내가 알아서 잘할게.

"제발 쫌! 할머니 제때에 약 투여 못 하면 큰일 나는 분이셔."

—짜식! 잘난 척은……. 알았다고 하잖아. 그나저나 주변에 레이더나 잘 좀 돌려 봐라. 괜찮은 여자 없냐? 우연을 필연으로 만드는 것도 나쁘지…….

뚝, 더 이상 들을 필요가 없는 말이었다. 난 통화 종료 버튼을 눌러 버렸다.

이거 써 본 지가 5~6년은 된 것 같은데?

이택진과 전화를 끊고 가방에서 순토시계를 꺼내 손목에 찼다.

순토시계는 아웃도어 필수품으로 고도, 기압은 기본이고 GPS 기능까지 탑재되어 있어 조난 시 유용하게 사용할 수 있었다.

지리산에 오기 전에 밧데리를 갈아 끼우긴 했으나, 사용하지 않은 지 5년이 넘은지라 좀 걱정이 되긴 했다. 그래도 비싼 게 제값 한다고 겉으로 보기엔 멀쩡해 보였다.

이제 대충 모든 준비는 끝난 셈.

이제 올라가는 일만 남았다.

"미연 엄마, 여기 선크림!"

"맞아! 곧 해가 뜰 텐데 발라야지. 가뜩이나 얼굴에 기미 껴서 죽겠는데."

시끌벅적, 입구에 다다르니 계 모임을 오셨는지, 삼삼오오 모여 있는 아주머니들이 얼굴에 선크림을 덕지덕지 바르고 있었다.

"아, 아주머니, 선크림은 눈 밑까지만 바르셔야 해요!"

"네?"

"선크림을 이마에 바르면 나중에 땀 때문에 흘러내려서 시야를 가려요. 물로도 잘 안 닦이고 마실 물밖에 없어 씻지도 못하니까요."

"그래요? 젊은 총각이 그런 걸 다 어떻게 안대?"

한 아주머니가 신기하다는 듯이 날 쳐다봤다.

"그냥요."

"아하, 그렇구나! 그나저나 총각!"

"네?"

"우리 같이 올라가요, 응? 지리산 처음인데, 총각은 잘 아는 것 같아서 말이야."

아주머니들이 반말인지 존댓말인지 구분하기 힘든 어투로 내 팔을 잡아당겼다.

젠장! 그냥 놔둘 걸 그랬나?

오래간만에 혼자 산행하려 했던 꿈이 박살이 날 것 같은 상황이었다.

"아, 그게……."

"윤수 엄마, 이 총각이 같이 가 주겠대! 좋지?"

허락하지도 않았는데, 졸지에 이 아주머니의 가이드가 되어 버릴 상황이었다.

"경사 났네! 잘생긴 총각이 보디가드를 해 주겠다는데, 당연히 나야 좋지!"

순식간에 내 주위로 몰려든 아줌마들.

난, 어쩔 수 없이 이 아주머니들과 같은 일행이 되고 말았다.

"이봐, 총각! 오이 좀 먹을래?"

백무동 입구에서 출발해 다음 행선지인 장터목까지는 5.8 킬로미터. 대략 어른 걸음으로 3시간 30분 정도의 거리였다.

하지만 산행을 시작한 지 1시간도 채 되지 않았는데, 아주머니 한 분이 가방에서 오이를 꺼내 내밀었다.

"아, 저도 가지고 왔습니다."

"에이, 가지고 오긴 뭘 가져와. 이리 줘 봐, 가방!"

아주머니가 내 가방을 홱 낚아챘다.

"아니, 저⋯⋯."

"이건 뭐야? 별거 없네?"

가방을 뒤적이던 아주머니가 안쓰러운 눈빛으로 날 쳐다 봤다.

"이리 주세요."

"어라? 이 주사기는 뭐여?"

아주머니가 비상용으로 챙겨 온 에피네프린(혈압 상승제)을 꺼내 들었다.

"아무것도 아니에요."

"아니긴! 혹시 약 같은 거 하는 거야?"

아주머니가 의심의 눈초리를 보냈다.

"그런 거 아니에요. 이리 주세요."

"아, 알았어. 금은보화를 숨겨 놓은 것도 아닌데, 뭘 그렇게 질색을 해? 됐고, 이거나 먹어."

"괜찮습니다. 제 건, 제가 알아서 먹겠습니다."

"에이, 섭하게 그런 법이 어딨대? 내가 많이 싸 왔으니까, 나눠 먹자고."

뚝, 아주머니가 오이를 반쪽으로 갈라 내게 내밀었다.

"아…… 네."

젠장, 잘못 걸렸네! 이러다가 천왕봉엔 올라가지도 못하는 거 아냐?

"네, 잘 먹겠습니다."

난 아주머니가 내민 오이를 어쩔 수 없이 받아 들 수밖에 없었다.

"어휴, 힘들어. 미연 엄마! 우리 여기서 좀 쉬고 가자, 응?"

허억허억, 설상가상 뒤따라오던 아주머니 한 분이 거친 숨을 몰아쉬며 바위 턱에 걸터앉았다.

"그래그래, 그러자고. 총각도 여기 앉아!"

헐, 왜 내 팔목은 잡아끄는 건가?

그러더니 미연 엄마란 분이 내 팔목을 끌어당기며 배시시 웃었다.

"아주머니, 여기서 너무 지체하면 안 돼요. 나중에 더 힘 들어지거든요."

"안 되긴. 세월이 좀먹어, 태양이 녹이 슬어? 그냥, 발길 닿는 대로 가는 거지. 안 그래, 장수 엄마?"

"암만! 꽃과 나무를 벗 삼아, 유유자적하는 거지. 꼭 올라가야 맛인감?"

애초에 천왕봉까지 올라갈 생각도 없었다는 건가?

젠장, 잘못 걸려도 완전히 잘못 걸렸다.

"……그나저나 총각은 얼굴도 허여멀건 게 서울 사람 같은데?"

장수 엄마란 사람이 내 옆으로 다가와 얼굴을 들이밀었다.

"네, 서울 삽니다."

"아니, 휴가철도 아닌데, 평일에 서울 사람이 지리산엔 웬일이랴?"

"아, 그게……."

"어휴……. 이봐, 장수 엄마, 그런 걸 물어보면 어째?"

미연 엄마가 손사래를 치며 장수 엄마에게 눈치를 줬다.

"어? 아하……! 괜찮아, 직장이야 구하면 되는 거지. 아니, 막말로 요즘 회사 들어가기 좀 힘들어? 우리 장수도 4년 동안 노량진 고시원에 처박혀 있다가 겨우 합격한 거 아녀? 괜찮아, 열심히 노력하면 되는 겨."

"맞아, 총각! 너무 상심 말어. 다 때가 있는 거야. 힘을 내!"

점입가경.

나를 아무 할 일 없는 백수로 아나 보다.

이 아줌마들이 나 하나를 가운데 놓고 온갖 추측을 쏟아내고 있었다.

"아, 네."

"그려, 노력해서 안 되는 게 어디 있남? 열심히 노력하면 되는 겨. 막말로 그깟 회사 안 들어가면 어때? 알뜰살뜰 모아서 장사해, 장사! 우리 총각은 얼굴도 반반하게 잘생겨서 장사하면 잘할 겨. 대학은 나온 거지?"

"……네."

"그럼 된 겨. 힘을 내, 힘을!"

미연 엄마가 나를 향해 양손을 불끈 쥐어 보였다.

그렇게 때아닌 동정(?)을 받게 된 나는 수다스러운 이 아줌마들과 함께 어쩔 수 없이 산행을 같이할 수밖에 없었다.

❤

우연(?)찮게 아주머니들과 함께 산행을 시작한 지 6시간 30분여.

중간에 간단히 식사를 해결하고 다시 산행을 시작, 조금 늦게 천왕봉 인근에 도착할 무렵이었다.

"아 앗!"

찢어지는 듯한 한 젊은 여자의 비명 소리가 귓전을 때렸다.

예쁘장하게 생긴 20대 초반의 아가씨였다. 다리를 헛디뎌 넘어지면서 팔목을 좀 다친 모양이었다.

내가 좀 봐 줘야 하나?

"아가씨, 왜 그러십니까?"

후후후, 하지만 그럴 필요가 없었다. 먼저 나선 사람이 있었으니까.

수컷의 본능이라고 할까?

내가 잠시 망설이던 사이, 한 남자가 이미 실행에 옮기고 있었다.

"아가씨, 이쪽에 좀 앉아 보세요."

남자가 자신의 등산복을 벗어 바닥에 깔았다. 마치 기다렸다는 듯이 말이다.

기회만 엿보고 있었는지도 모를 일이었다.

언뜻 봐도 별거 아닌 것 같았기에 굳이 나설 필요는 없었다.

"아…… 네."

여자가 조금은 당황스러운 표정을 지었지만, 남자의 호의를 무시할 순 없었나 보다.

여자가 남자의 말대로 조신하게 남자가 벗어 둔 등산복 위에 앉았다.

"괜찮습니까? 어디 아픈 데는요?"

남자는 꽤나 친절했다. 남자가 문진하듯 여자에게 물었다.

"팔이 좀…… 아파요."

여자가 조심스럽게 팔을 비틀어 보았다.

"그렇습니까? 이렇게 하면 아픕니까?"

의사인가?

남자가 여자의 팔꿈치 주변을 만지작거리며 이리저리 돌려 보았다.

"아얏! 아, 아파요."

그러자 여자가 옅은 비명을 토해 냈다.

"아, 그렇습니까? 지금부터 팔을 절대로 움직이면 안 됩니다. 엘보 프락쳐(팔꿈치 골절)일 수 있으니까."

남자가 심각한 표정으로 여자를 응시했다.

"……의사세요?"

"헤헤헤, ……뭐 비슷비슷합니다. ……아무튼, 예전에 산악 구조대 활동도 했고 응급 구조사 자격증도 있거든요."

"정말요?"

"네, 저를 만나서 다행이네요. 아무튼 산에서는 항상 조심해야 합니다."

남자가 자랑스럽다는 듯이 가슴을 쭉 내밀었다.

"아, 네. 그나저나 이제 일어나도 될까요?"

"아닙니다, 당분간은 절대 절대 안정이 필요합니다. 앉아서 쉬십시오. 제가 경과를 좀 보겠습니다."

남자가 일어서려는 여자의 어깨를 지그시 눌러 앉혔다.

"……괜찮은 것 같은데?"

"안 괜찮다니까요. 어쩌면 헤모페리(hemoperi, 복강내출혈)가 있을지도 몰라요. 조심해야 합니다."

"헤모…… 뭐라고요?"

"아, 내가 모르시는 분한테 실수를 했네요. 평소에 우리끼리 쓰는 말이라…… 나도 모르게. 헤모페리는 복강내출혈을 의미하는 의학 용어예요. 제가 습관이 돼서 그만!"

남자가 멋쩍은 듯 뒷머리를 긁적거렸다.

"아, 정말요? 그, 그러면 어떡해요?"

복강내출혈이란 말에 짐짓 겁을 먹은 모양이었다.

"……음, 의심이 된다는 거지, 꼭 그렇다는 건 아닙니다. 일단 좀 쉬면서 경과를 보죠."

선무당이 사람 잡는군.

최소한 내가 보는 관점에선 저 남자는 의사는 분명 아니었다.

엘보 프락쳐(팔꿈치 골절)라면 팔을 들지도 못한다. 하지만 저 여자는 자유롭게 관절을 돌려 볼 정도가 아닌가?

넘어지면서 지면에 팔을 짚어 좀 삐긋했을 뿐이다. 그러면서 팔꿈치가 좀 까졌을 뿐이다.

즉, 팔목에 파스 한 장 붙이고 팔꿈치는 깨끗한 물로 닦아 오염 물질만 씻어 줘도 된다. 조금 시간이 지나면 나아질 상황이었다.

물론 흔히 빨간약이라고 부르는 포비돈오드를 발라 주면 더 좋겠지만.

게다가 복강내출혈?

어디서 들은 풍월은 있었나 보다. 복강내출혈이면 저 여자는 지금 말 한마디도 할 수 없어야 한다. 숨조차 쉬기 힘들 테니까.

짧은 시간이었지만, 혹시 몰라 난 여자의 안색을 살폈다.

언뜻 봐도 지극히 정상이었다.

복강내출혈이 생길 가능성은 제로.

지금은 파스 한 장과 약간의 물만 있으면 충분한 상황이었다.

"……저기, 이게 필요하시면 손목에 바르는…….”

"아이고, 이런 거 가지고는 어림없습니다.”

수컷의 경계심인가?

남자가 번개 같은 속도로 내 팔목을 잡아챘다.

"그냥 손목에 파스 좀 바르면 나을 텐데요?”

"에헤! 아저씨가 뭘 모르시나 본데, 파스 가지고는 어림도 없어요.”

"아니, 파스면 충분할…….”

"아저씨가 의사입니까? 충분하긴 뭐가 충분해요. 아무것도 모르면 그냥 지나가시죠?”

남자가 퉁명스럽게 쏘아붙였다.

"…….”

"아…… 아니, 저 정말 괜찮은데? 저 아저씨 말대로 파스만 바르면."

여자가 손을 내저으며 일어났다.

"아닙니다! 지금은 절대 움직이지 마십시오. 큰일 나요. 일단 제가 압박붕대를 해 드리겠습니다."

그러더니 가방을 뒤적거려 붕대 뭉치를 꺼내 들었다.

하하, 압박붕대까지 챙겨 오셨네?

"괘, 괜찮을 거 같은데? 그런 건 안 해도."

"아니에요. 만사 불여튼튼이라고 했습니다! 지금은 괜찮지만 언제 후유증이 올지 모릅니다. 그러니 안정을 취하셔야 합니다."

어디서 배웠는지 남자가 정성스럽게 여자의 손에 붕대를 매 주었다.

뭐, 굳이 압박붕대까지 할 필요는 없지만, 해서 나쁠 건 없었다.

따라서 굳이 내가 나설 이유가 전혀 없는 상황이었다.

"거기 순토시계 아저씨! 괜히 선무당이 사람 잡지 마시고 물 있으면 한 병만 빌립시다."

그렇게 뒤돌아 가려는 찰나, 등 뒤에서 남자가 말했다.

"네?"

순토시계 아저씨?

눈도 좋다.

내가 차고 있던 시계를 봤던 모양이었다.

"······저요?"

"당연히 아저씨죠. 여기 누구 다른 사람 있어요?"

"왜 그러십니까?"

"괜히 자랑하고 싶어서 그런 비싼 시계 차고 온 모양인데, 산에서는 항상 겸손해야 합니다. 그런 장비빨로 산 잘 타는 거 아니니까요."

난 가만있었는데 상당히 공격적인 말투다.

"아, 네. 그냥 뭐."

어디 세상에 저런 남자가 저 사람뿐일까. 맘에 드는 여자 앞에서 가오 잡고 싶은 마음을 내가 왜 몰라.

굳이 나서서 분란을 일으킬 필요는 없었을 뿐만 아니라, 저 우쭐함에 스크래치를 남기고 싶지도 않았다.

저 남자는 지금 나를 연적(?)쯤으로 생각하고 있으니까.

"물 있냐고요."

남자가 또다시 퉁명스러운 투로 물었다.

"아, 네. 여기 있습니다."

난 가방에서 보온병을 꺼내 남자에게 건네주었다.

"고맙습니다. 물값은 제가 드리리다."

크크크, 물값을 왜 자기가 줘?

"아뇨. 괜찮습니다."

"아뇨. 사람은 셈이 흐리면 안 되죠. 하산한 후에 물값은 치르겠습니다."

"아…… 네."

"아가씨, 이 물 좀 드세요."

남자가 자기 물인 양 여자에게 건넸다.

"감사합니다."

남자의 성의를 마다할 수 없었는지 여자가 물을 받아 입술만 적셨다.

"아이고, 등산화를 이렇게 신고 다니니까 넘어지시죠."

이번에 남자의 시선이 닿은 곳은 그녀의 등산화였다.

"제가 뭘 잘못한 건가요?"

"뭐, 잘못한 것까진 아닌데, 등산화 끈은 이렇게 운동화 매듭처럼 묶으면 잘 풀려요. 곧잘 넘어지거든요."

"아……."

"그래니 매듭이라고, 잘 안 풀리게 제가 매 드리겠습니다."

남자가 친절하게 여자의 등산화 끈을 매듭 져 주었다.

"아니, 괜찮은데."

"하하하, 제가 괜찮지 않습니다!"

남자가 강제(?)로 여자의 발을 잡아당겨 등산화 끈을 묶어 주었다.

"아, 그런 방법이 있었네요. 감사합니다."

"하하하, 별말씀을!"

칭찬을 들으니 기분이 좋았는지 남자가 환하게 웃었다.

"고맙습니다."

"아, 그나저나 혼자 오셨습니까?"

여자를 응시하는 남자의 눈빛이 비릿했다.

크크크, 이제 본색을 드러내는 건가?

"아니에요. 엄마랑 같이 왔어요."

"아……네."

여자의 엄마라는 말에 실망한 기색이 역력해 보였다.

"어머님은 어디 계십니까?"

"그러게요. 꽃이 예쁘다고 사진 좀 찍겠다고 했는데…….."

"아, 그렇군요. 가을 산이 색이 참 좋죠."

"네, 그나저나 엄마는 도대체 어디 간 거지? 안 보이네?"

"으아아악!"

그 순간이었다.

조금 전 아가씨가 넘어지는 순간 내던 소리와는 차원이 다른 둔탁한 비명 소리가 들렸다.

뭔가 심각한 문제가 터진 것이 틀림없었다.

웅성웅성.

주변에 있는 등산객들이 쏜살같이 비명이 터진 곳으로 향했다. 낙상을 방지하기 위해 쳐 놓은 난간 쪽이었다.

"어머어머! 일을 어째? 사람이 떨어졌나 봐!"

"어머어머, 아까 그 아줌마 아냐? 딸내미하고 같이 온?"

"맞아맞아, 틀림없어. 아까 그 노란색 등산복 입은 아줌마야!"

몰려든 사람들이 어찌할 바를 모르며 발을 동동 굴렀다.

한쪽이 완전히 떨어져 나간 난간, 난간에 기대고 서서 사진을 찍다가 굴러떨어진 것이 틀림없었다.

깎아지른 벼랑.

대충 눈짐작으로 보더라도 10미터는 족히 될 듯했다.

그 밑으로 굴러떨어진 거라면 심상치 않은 상황이었다.

"여보세요! 여보세요! 119죠? 여기 지리산 천왕봉 인근인데 사람이 벼랑 아래로 떨어져…….."

그나마 사람들이 있어, 각자 핸드폰을 들고 119에 신고를 하기 시작했다.

잠시 후.

"온답디까?"

"네네, 출발하긴 한다는데, 빨리 못 온다고 하네요. 1시간은 걸린다는데요?"

"젠장, 저 아줌마 미동도 없어 보이는데? 1시간이면 너무 늦는 거 아냐?"

등산객들이 그저 벼랑 아래쪽만 쳐다보며 걱정스러운 표정을 지었다.

1시간이라고? 너무 늦는데…….

"아아아악! 어……엄마!"

뒤늦게 달려온 여자. 좀 전에 팔목을 다친 그 아가씨였다.

여자가 벼랑 아래쪽을 내려다보더니 사색이 된 얼굴로 비명을 질렀다.

"저, 저분이 어, 어머니세요?"

같이 따라온 남자가 물었다.

"네네! 우, 우리 엄마예요. 내가 내려가야겠어요."

이미 반쯤 정신 줄을 놓은 듯 보였다.

"안 돼요! 미쳤어요? 저길 어떻게 내려가요!"

화들짝 놀란 남자가 여자의 팔목을 잡아챘다.

"맞다! 아, 아저씨가 응급 구조사라고 하지 않았어요? 아, 아저씨! 어떻게 좀 해 줘요. 우리 엄마."

잔뜩 겁을 집어먹은 여자의 얼굴이 창백했다.

"……아, 그게. 그냥 자격증만 따 놓은 거라서. 그게 사실, 장롱면허 같은 거라서. 자격증 따고 활동을 해 본 적은 없어요."

조금 전과는 180도 달라진 태도였다. 애타게 도와달라는 그녀의 말에 남자가 뒷걸음을 쳤다.

"아저씨! 아저씨! 제발요! 의사, 의사라고 하셨잖아요? 우리 엄마 좀 살려 줘요. 제발! 산악 구조원이라면서요!"

지푸라기라도 잡는 심정으로 여자가 남자의 팔에 매달려 애원했다.

"아니, 그게 아니고……. 제가 실은, 아씨! 솔직히 말해서, 그냥 군대 있을 때 의무병이었어요. 제가 뭘 할 줄 알겠습니까?"

난감한 표정의 남자. 거칠게 뒷머리를 긁적거리더니 양손을 내저었다.

"아, 아저씨!"

원망 반, 허탈함 반을 담은 여자의 눈동자였다.

"사람들이 119에 신고했으니, 좀만 기다려 봅시다. 네?"

남자가 벼랑 아래 쪽을 내려다보더니 완전히 꽁무니를 뺐다.

"……나, 나라도 내려가야겠어요."

더 이상 참을 수 없다는 듯이 여자가 벼랑 쪽으로 가려 했다.

"이봐, 아가씨! 안 돼! 큰일 나!"

여자가 난간 아래로 뛰어들려 하자, 같이 왔던 아줌마들이 필사적으로 그녀의 허리를 잡아당겼다.

"저 청년은 도대체 뭐 하는 인간이야? 자기가 산악 구조대다, 응급 구조사다라고 자랑할 땐 언제고?"

"그러게 말이야. 저기서 뭐 하고 있어? 어?"

아줌마들이 사고 현장에서 멀찌감치 떨어진 남자를 향해 손가락질을 하자, 남자가 어색한 듯 어깨를 으쓱거렸다.

1시간이라면 너무 늦는다!

어쩔 수 없이 내가 움직일 수밖에 없는 상황이었다.

"아저씨, 저기 현수막 보이시죠?"

난 등산객들을 향해 음식점, 숙박업소 등등에서 걸어 둔 현수막들을 가리켰다.

"저랑 같이 저거 좀 뜯어 오죠."

"저건 왜……요?"

"임시로 로프 만들어서 내려가려고요."

"암요, 로프 만들어 내려가야……. 네? 뭐라고요?"

고개를 끄덕이던 아저씨가 깜짝 놀라 나를 쳐다봤다.

10여 미터면 그리 높지 않은 벼랑, 내가 아래로 내려가는 수밖에는 없었다.

♥

"지, 진짜 저 아래로 내려가겠다는 거요?"

남자가 미간을 잔뜩 찌푸렸다.

"네, 시간이 없어요! 빨리요!"

"괜히 무모한 짓 하지 말고, 구조대 올 때까지 기다리는 게 낫지 않아요?"

시큰둥한 반응이었다.

"그건 제가 알아서 판단하겠습니다. 빨리 현수막 좀 걷어 와 주세요. 제가 지금 할 일이 있어……."

"설마 진짜 저걸로 밧줄을 만들겠다는 거요?"

남자가 어이없다는 듯이 물었다.

"네, 결대로 찢어서……. 길게 설명할 시간 없습니다. 빨리요. 안 그러면 저 사람 죽습니다!"

"나 원 참! 뭘 하겠다는 건지……. 일단 알았수."

"여, 여기 있수. 전부 걷어 왔어요."

몇 분 후, 아저씨가 현수막을 걷어 왔다.

"네, 고맙습니다."

웅성웅성.

내가 미리 준비해 온 접이식 등산용 칼을 꺼내 들자 사람들이 호기심에 찬 얼굴로 쳐다보았다.

넌 왼손 봐, 난 오른손을 볼게.

마치 마술사의 마술을 보듯 말이다.

부욱, 현수막의 살짝 홈을 파, 결대로 찢으니 제법 적당한 길이로 찢어졌다.

이제는 매듭.

figure 8 loop 매듭이다. 매듭의 모양이 8자와 같다고 해서 지어진 매듭법.

가장 강한 강도를 자랑하고 손쉽다. 암벽을 등반하는 사람들에게 있어선 필수적으로 알아야 할 매듭이다.

그렇게 2미터 정도되는 현수막을 적당히 찢고 다른 것들과 엮어, 보기에 제법 쓸 만한 로프를 만들었다.

"미연 아주머니!"

그렇게 로프를 완성시킨 후, 내게 오이를 건네주었던 아주머니를 불렀다.

"왜?"

"음…… 저 좀 도와줘요."

"뭔데? 말해."

"근처에 매점이나 산장 같은 곳으로 가셔서 랩하고 버터 좀 구해다 줘요."

"랩 하고 빠다?"

"네."

"음식 보관할 때 쓰는 랩 말하는 거지?"

"네, 맞아요."

"그걸 뭐에 쓰게?"

"길게 설명 못 드려요. 꼭 좀 구해 주세요."

"아, 알았어. 그나저나 총각 저, 정말 저 아래로 내려가려고? 구조대가 올 때까지 기다리는 게 낫지 않아?"

미연 아주머니의 얼굴에 걱정이 가득했다.

"괜찮아요. 저 여러 번 해 봤어요."

"아무리 그래도 저 여자, 많이 다친 것 같은데…….”

의사도 아닌 사람이 내려가서 뭐 하겠냐는 뜻이었다.

"……저, 의사예요."

더 이상 신분을 숨길 순 없었다.

"정말이여? 와따매, 어쩐지! 어쩐지! 생긴 게 딱 의사 선생님처럼 생겼더라! 참말이지?"

미연 아주머니가 깜짝 놀라 팔짝 뛰었다.

"네, 그러니까 랩하고 버터 좀."

"아, 알았어. 의사 선생이 하라면 해야지! 이봐, 장수야, 은경 엄마! 이 총각이 의사랴."

미연 아주머니가 호들갑을 떨며 같이 온 사람들을 불렀다.

"정말!"

"멀대 총각이 의사라고??"

미연 아주머니보다 더 놀란 사람들이었다.

이제는 밑으로 내려갈 시간.

수백 미터 높이의 산도 등반해 본 적이 있기에 전혀 어렵지 않은 일이었으나, 언제나 조심은 해야 했다.

그렇게 난 채 2분도 지나지 않아 아주머니가 쓰러진 지점까지 안전하게 도착할 수 있었다.

와!

휴우!

그 순간, 안심과 탄성의 목소리가 터져 나왔다.

"총각! 괜찮아?"

장수 아주머니가 양손을 모아 소리쳤다.

"……."

난 그런 아주머니에게 오케이 사인을 보내 주었다.

후우, 안전하게 내려왔으니 이제부터가 본격적인 시작인 셈이었다.

벼랑 밑으로 떨어져 쓰러져 있는 60대 아주머니.

'의식이 없다……'

아주머니의 몸을 살짝 흔들어 봤지만, 이미 컨셔스니스(의식)는 사라진 후였다.

'다행히 호흡은 살아 있어.'

코 밑에 손가락을 가져다 대 보니, 아주 미세하지만 옅은 호흡이나마 느낄 수 있었다.

'앗, 뜨거!'

아주머니의 가슴에 손을 대 보니 또다시 느껴지는 열감.

폐 쪽에서 느껴지는 그 열감의 강도는 기존의 것보다 뜨거웠다.

이제는 알 수 있었다.

분명 이 열감은 환자의 상태를 가리키는 바로미터라는 걸.

아주머니의 의식은 이미 소실된 상태였고, 옅은 호흡도 간당간당하게 붙어 있는 상황이었다.

아주머니의 몸은 물에 젖은 솜이불처럼 무거웠다. 외상은 없어 보였으나 복부 주위 피부가 자줏빛으로 물들어 있는 것으로 볼 때, 복부 출혈이 있는 것이 틀림없었다.

게다가 아주머니 얼굴과 손 주변에 청색증이 있는 것으로 볼 때, 산소 포화도 역시 최악인 상황이었다.

난 일단 배낭 옆에 지퍼를 열고 에피네프린(혈압 상승제) 1앰플을 꺼내 아주머니의 팔목에 정맥주사 했다.

혈압이 너무 떨어져 쇼크가 오는 것을 방지하기 위함이었다.

혹시 몰라 가지고 온 에피네프린이 이토록 도움이 될 줄이야.

하지만 에피네프린 투여 정도로는 택도 없는 상황이었다.

조금만 늦어도 이 환자는 죽는다!

스플린 럽쳐!

여러 가지 정황을 놓고 볼 때, 떨벼랑에서 떨어진 충격으로 스플린 럽쳐(비장 파열)가 됐을 가능성이 농후했다.

우선 난, 이 문제부터 해결해야 했다.

비장은 복부 좌측 상층부에 위치한 장기였다.

맥관 장기, 즉 혈관이 흐르는 장기이기에 내부가 혈액으로 가득 차 있는 장기라는 뜻이다.

그렇다고 물리적 충격에 강한 것도 아니어서, 젤리처럼 연약한 성분을 얇은 막 하나가 둘러싸 보호하는 게 다였다.

아주 연약한 장기라 외부의 충격으로 쉽게 찢어질 수 있었다.

하지만 비장 파열 정도로는 사람이 죽지 않는다.

이유는 간단했다.

비장이 찢어져 아무리 많은 양의 혈액이 쏟아져 나와도, 환자의 혈압이 떨어지면 비장 동맥과 비장으로 흐르는 피의 양은 저절로 감소하게 되어 있기 때문이었다.

정 안 될 경우, 하산한 후에 찢어진 비장을 제거하면 될 상황이었다.

비장은 없어도 사는 데 큰 무리가 되는 장기는 아니니까.

하지만!

문제는 폐였다.

절벽 아래에 있던 날카로운 나무에 찢겼는지 아주머니의 가슴엔 상처가 나 있었다. 폐 쪽의 흡인성 흉부 상처가 의심되는 상황이었다.

충분히 예상 가능한 범위였다.

아주머니가 떨어지는 절벽을 확인해 본 결과, 날카로운 돌부리들이 산재해 있었고, 삐죽삐죽 날카롭게 솟아난 나뭇가지들이 위치해 있었기 때문에.

난 어떡하든 공기가 들어가지 않도록 흉부 압박을 해야 했다.

물론 지금이 병원이라면 어렵지 않은 일이었지만, 이곳은 첩첩산중이 아닌가.

'랩, 랩과 버터가 필요해!'

그래서 랩과 버터가 필요했던 것.

"미연 아주머니! 랩하고 버터는요?"

난 벼랑 위쪽에 있는 아주머니에게 소리쳤다.

"······어! 어! 지금 미연네가 구하러 갔어."

"빨리요, 빨리!"

"어? ······어어, 저기 왔네. 미연 엄마."

그 순간, 미연 아주머니가 헉헉거리며 벼랑 쪽으로 달려왔다.

"총각! 랩은 있는데, 버터는 못 구했어! 어쩌지?"

아주머니가 입술을 잘근거렸다.

"네?"

"······대신, 마가린은 있는데, 이거라도 될까?"

미연 아주머니가 마가린 덩어리를 조심스럽게 들어 보였다.

하······ 버터나 마가린이나.

위급한 상황이었지만, 아주머니의 순수함에 헛웃음이 나올 뻔했다.

"괜찮아요! 거기 내가 만들어 놓은 끈이 있을 테니까, 끈에 매달아서 내려보내 주세요."

"오케바리! 알았어."

미연 아주머니가 마치 자기 일인 양, 발 벗고 나섰다.

가슴에 생긴 상처의 지름이 꽤 큰 것으로 볼 때, 위급한 상황이었다.

아니, 어쩌면 이 환자는 생사의 경계에서 사경을 헤매고 있을지도 모른다.

음압과 양압이 작용해야 정상적인 호흡이 이뤄지는 폐지만, 외부의 충격으로 생긴 쏘래식 피스툴라(흉벽누출공, 흉벽에 생긴 구멍)로 인해 날숨과 들숨 때마다 공기가 이동하여, 상처를 입은 폐는 이스케미아(허혈) 상태에 빠질 수밖에 없었다. 이로 인해 급격한 폐 조직 괴사도 간과할 수 없는 상황이었다.

한마디로 초응급 상태!

쌔액! 쌔액!

아주머니는 빨아들이는 듯한 쇳소리를 내며 필사적으로 자가 호흡을 하고 있었다.

'흉부 압박 폐쇄 드레싱을 해야겠어!'

결국 방법은 이것뿐이었다.

난 아주머니가 밧줄에 감아 내려보내 준 랩과 버터를 활용할 생각이었다.

흡인성 흉부 상처가 나면, 드레싱을 할 때 피부에 최대한 밀착한 뒤 공기가 나가지 못하도록 해야 했다.

하지만 공기를 밀봉해 줄 특수 붕대 따위는 없었기에 지금 내 손에 쥐여 있는 랩과 버터가 그 대안이 될 수밖에 없었다.

난 아주머니의 가슴을 랩으로 충분히 압박했고 조금의 공기도 들어가거나 빠지지 않도록 버터, 아니 마가린을 랩이 겹치는 마디마디마다 발랐다.

마가린이 하는 역할이 바로 이것이었다.

'후우, 이 정도면 어느 정도 위험한 고비는 넘기겠어.'

이렇게 랩과 마가린으로 상처에 생긴 구멍을 막아 주고, 희망 사항이지만 폐 자체에 구멍이 생긴 것이 아니라면 구급대가 다시 올 때까지 어느 정도 견딜 수 있는 상황이었다.

혹시 폐가 찌그러져 있다면 병원으로 호송한 후에 체스트 튜브 인서션(흉관 삽관)을 하면 되니까.

지금의 상황에서 내가 할 수 있는 건 다 했다.

이제 조금이라도 빨리 구조대가 오길 기다릴 수밖에 없는 상황이었다.

난 옷을 벗어 아주머니를 덮어 줌으로써 체온이 떨어지지 않도록 보온해 주었다.

"허어억, 허억!"

그 순간, 아주머니가 숨을 크게 몰아쉬었다.

드디어 호흡이 터졌다.

다행히도 흉부 드레싱이 효과를 본 모양이었다.

호흡이 터졌다는 건, 폐 자체에는 구멍이 뚫리지 않음을 방증하는 것.

후우!

최악의 상황은 모면할 수 있었다.

더불어 아주머니의 의식이 돌아온 건 덤이었다.

"여, 여기가 어딥니까?"

아주머니가 힘겹게 말문을 열었다.

"움직이지 마세요. 머리를 다치셨을 수도 있습니다. 응급 조치는 해 뒀지만 아직은 위험한 상태예요!"

나는 몸을 일으키려는 아주머니를 바로 누였다.

"어, 엄마!!"

그 순간, 벼랑 위에서 울부짖는 목소리가 들려왔다. 아주머니 딸의 목소리였다.

"혜, 혜연아!"

"아직 말씀을 하시면 안 됩니다. 조금만 기다리시면 구조대원들이 올 거예요. 절대로 움직이지 마십시오."

"……네에, 알았어요."

"말씀하시지 마시고, 고개만 까닥이세요."

"…….'

그러자 아주머니가 힘겹게 고개를 까딱거렸다.

"미연 아주머니! 구조대원은요?"

난 아주머니를 안정시킨 후, 미연 아주머니에게 물었다.

"곧 온대!"

"얼마나 더 걸린대요?"

"한 5분이면 온다고 하더라고! 사람들이 급하다고 하도 전화질을 해 대니까 이제야 움직이나 봐."

"네, 알겠습니다."

'5분이라……. 여기까지 오는 데 대략 40분이 걸렸어. 그렇다면 하산할 때도 그만한 시간이 걸린다는 건데…… 그러면 너무 늦는다!'

띠띠띠띠.

핸드폰을 꺼내 전화를 걸어 봤지만 전화가 걸리지 않았다.

'어쩌지?'

하지만 이대로 넋 놓고 구조대원만을 기다릴 순 없지.

어떻게든 다른 방법을 찾아야 했다.

"미연 아주머니!"

난 양손을 모아 아주머니를 불렀다.

"어! 말해, 총각!"

"제가 전화번호를 하나 불러 드릴 테니, 전화 좀 걸어 주세요! 핸드폰이 안 터져서 유선전화를 사용하셔야 할 것 같아요!"

"아, 알았어!"

마치, 특수 임무를 수행하는 듯 아주머니의 목소리가 우렁찼다.

"아주머니, 여기에 메시지를 적어 뒀으니까 전화받으신 분에게 전달해 주세요."

지금 같은 상황에서 내가 도움을 청할 곳은 딱 한 곳밖에는 없었다.

휙, 난 메모지에 내용을 적어 돌에 매달아 벼랑 위로 올려보냈다.

"아, 알았어! 이대로만 불러 주면 되는 거야?" 어머니, 저 윤찬이……."

미연 아주머니가 돌멩이에 묶인 메모를 풀어 확인했다.

"네. 그대로만 전해 주시면 돼요!"

"알았어, 총각! 이건 뭐, 내가 무슨 정부 요원이 된 것 같구먼."

상기된 표정의 아주머니가 얼른 메모지를 주머니 속에 욱여넣었다.

그렇게 5분여의 시간이 흘렀고, 마침내 구조대원들이 모습을 드러냈다.

"괜찮으십니까?"

구조대원들이 내 쪽을 향해 소리쳤다.

"네, 아직까지는요! 하지만 환자를 빨리 병원으로 이송해야 합니다."

"네네, 지금 저희가 바로 내려가도록 하겠습니다."

그렇게 구조대원들은 벼랑 아래로 내려와 아주머니와 나를 끌어 올려 주었다.

"지금 당장 병원으로 가야 합니다."

"혹시, 의사십니까?"

구조대원이 아주머니의 가슴에 둘려져 있는 랩을 가리키며 물었다.

"네, 그렇습니다. 비장 파열과 흡인성 흉부 천공이 의심됩니다. 여기서 가장 가까운 병원이 어딥니까? 최대한 빨리 가야 합니다."

"급합니까?"

"당연하죠. 환자 상태를 보십시오. 최소한 30분 이내로 가야 합니다."

"그게……. 환자를 싣고 산을 내려가야 하고 거기서 또 병원까지 가려면 최소한 1시간은 걸릴 것 같습니다. 어쩌죠?"

"그러니까 여기서 가장 가까운 종합병원이 어디냐고 물어보는 것 아닙니까?"

"그게, 그러니까 1시간……."

구급대원이 우물쭈물했다.

"그러니까 병원이 어디냐고요?"

"강동병원입니다. 하지만 1시간은 걸릴 텐데……."

다다다다, 다다다다.

그 순간 모습을 드러내는 군용헬기.

"어? 어?"

헬기를 본 순간, 사람들이 하늘을 향해 손가락질만 할 뿐,

말을 잇지 못했다.

"……헬기다!"

군용헬기가 완전히 모습을 드러내고 나서야 몇몇 사람이 소리치기 시작했다.

"이, 이게 어떻게 된 겁니까? 우리가 부른 게 아닌데."

구조대원이 어리둥절한 표정을 지었다.

"누가 부른 게 뭐가 중요합니까? 일단 환자를 헬기로 옮깁시다."

"아…… 네, 알겠습니다."

당황한 표정의 구조대원들이 들것에 아주머니를 싣고 황급히 움직이기 시작했다.

"서, 설마, 총각이 저거 부른 겨?"

장수 아주머니가 눈을 껌벅거렸다.

"장수야, 맞아! 내가 전화했잖아. 저 총각이 이대로 불러 주면 될 거라고 했어."

어머니, 저 윤찬입니다. 지금 여긴 지리산……. 환자가 위급해 헬기가 필요합니다.

미연 아주머니가 내가 준 쪽지를 내보였다.

"아이고, 그러니까 저 총각이 이 쪽지를 보내니까 헬기가 뚝딱 온 거란 말이여?"

"그래그래, 분명 북한 말투 쓰는 할머니가 틀림없었는데, 알았다고 전해 달라고 하더라고."

"그래? 도대체 저 초, 총각은 뭐 하는 사람이야?"

여전히 사태 파악이 안 되는지 장수 아주머니가 꼬치꼬치 캐물었다.

"뭐긴 뭐야, 의사라고 하잖여."

"요즘 의사들은 학교에서 산 타는 것도 배우는 감? 저 헬리콥터는 뭐고?"

"글쎄? 그건 나도 모르겠는디? 아무튼, 저 총각이 사람 살려 낸 건 맞잖여?"

"어, 엄마!"

그제서야 정신을 차린 혜연이 아주머니에게 달려들었다.

"그, 그래, 혜연아."

"괘, 괜찮아?"

"그, 그럼, 엄만 괜찮아. 저, 저 선생님이 날 살려 준 것 같구나."

아주머니가 힘겹게 손가락을 들어 날 가리켰다.

"선생님, 감사합니다! 정말 정말, 감사합니다."

혜연이 허리를 굽혀 반복해서 인사했다.

"아뇨, 제가 해야 할 일을 했을 뿐입니다. 저도 같이 갈 테니까 어머니는 걱정 마세요. 병원은 강동병원으로 갈 테니까, 그쪽으로 오시면 될 겁니다."

"감사합니다! 선생님, 혹시 어느 병원에서 근무하는 분이신지 말씀해 주시겠어요?"

"아, 네. 그냥 병원요……. 저, 빨리 아주머니한테 가 봐야 할 것 같습니다."

"……아니, 그래도 성함이라도 알려 주세요."

"네? 네, 김윤찬이라고 합니다."

"김윤찬……. 감사합니다. 정말 감사합니다."

다다다다, 다다다다.

그렇게 내가 올라타자마자 헬기가 이륙하기 시작했다.

"이, 이거 저 총각 거 아냐?"

그 순간, 미연 아주머니가 바닥에서 출입증을 꺼내 들었다.

아무래도 김윤찬이 흘린 모양이었다.

"연희대병원?"

"연희세바스찬병원?? 그거 서울에 있는 유명한 병원 아냐?"

"그러면 그렇지! 저 총각이 연희병원 의사인가 보네? 아이고, 아가씨! 하늘이 도왔어, 하늘이!"

장수 아주머니가 출입증을 들고는 혜연에게 달려갔다.

"그러네요."

"나중에 주스라도 사 가지고 가 봐요. 엄마의 생명의 은인인데.”

“네, 당연히 그래야죠.”

혜연은 장수 아주머니가 건네준 출입증을 손에 꼭 쥐었다.

“그나저나, 그 입만 살아서 나불대던 총각은 어디 가서 코빼기도 안 비치는 겨, 어?”

“그러게 말이야. 온갖 잘난 척은 다 하더니만, 막상 일이 터지니까 나 몰라라 하는 거야! 하여간, 생긴 건 씹다 만 오징어 다리같이 생겨 가지곤…?. 쯧쯧쯧, 하여간 사람은 겪어 봐야 안다니깐!”

미연 아주머니가 주변을 두리번거리며 혀를 찼다.

전라도 강동병원 응급실.

군용헬기는 곧바로 강동병원으로 향했고, 미리 연락을 받은 강동병원의 의료진이 마중을 나와 있었다.

“비피(혈압)는 정상이고 펄스(맥박)가 좀 높습니다. 타키카디아(발작성 빈맥)가 있습니다. 복강내출혈이 심하고 스필린 럽쳐(비장 파열)가 우려됩니다.”

“……랩핑은 당신이 한 거요?”

“그렇습니다. 쏘래식 피스툴라(흉벽누출공, 흉벽에 생긴 구멍)가 의심됩니다. 속히 수술을 하셔야 할 것 같습니다.”

"네에, 알겠습니다. 빨리 환자 수술방으로 옮겨!"

강동병원 의료진이 아주머니의 가슴을 유심히 살펴보더니 고개를 까닥거렸다.

"네, 알겠습니다."

띠리리리.

그 순간 울리는 전화벨 소리. 양어머니인 김 할머니의 전화였다.

"네, 어머님."

-환자는 괜안나?

"네, 위험한 고비는 넘겼습니다. 어머님 덕분입니다."

-내가 뭐 한 게 있나? 환자 괜찮으면 됐다. 전화비 많이 나오니까 이만 끊는다.

"어머님, 잠시만요!"

-왜?

"헬기는 어떻게 된 겁니까?"

-왜, 무슨 문제 있나?

"아뇨, 너무 갑작스러워서."

-네가 어떻게든 헬리콥터 끌고 오라고 했잖아.

"아니……. 아무리 그래도 군용헬기가 올 줄은 몰랐어요."

-간나새끼, 내한테 그 정도 힘은 있다. 아무튼, 신경 쓰지 말고, 네 앞가림이나 잘해라. 허구한 날, 네 주변엔 무슨 사

고가 이리 많니? 굿이라도 한번 해야겠다.

"아, 아뇨, 굿은 무슨요. 아무튼, 정말 감사합니다."

―간나새끼, 너랑 나랑 남이가? 한식구끼린 고마운 거 없다. 아무튼, 사람 살렸으니 되었다. 끊는다?

"네, 어머님. 정말……."

―…….

뚝, 언제나 그렇듯이 김 할머니가 무심히 전화를 끊어 버렸다.

'하여간, 어머니도 참! 그나저나 휴가는 이걸로 다 끝이네? 후후, 하긴 내가 편히 쉴 팔자는 아니지.'

―네놈, 관상을 보니 평생 사람만 살리다가 죽을 팔자야.

나를 처음 만난 날, 김 할머니가 내 얼굴을 보자마자 하시던 말씀이었다.

'휴우, 그래, 내 팔자에 무슨 휴가냐. 바로 올라가야겠다.'

그 즉시, 난 서울행 버스에 몸을 실을 수밖에 없었다.

다다음 날, 병원.

서울로 올라온 난, 다음 날 하루를 쉰 후 곧바로 병원에 출근했다.

일단, 잃어버린 출입증 재발급 신청을 해야 했기 때문이었다.

"어? 야, 김윤찬!"

인사과에 출입증 재발급 신청을 하고 나오는데, 이택진과 마주쳤다.

"어, 택진아."

"네가 왜 거기서 나와? 너, 내일까지 아냐?"

이택진이 깜짝 놀라 물었다.

"뭐, 그렇게 됐다. 휴가라고 딱히 할 것도 없어서."

"미친 새끼! 4년 만에 휴가 받아 놓고 무슨 상덕을 보겠다고 여길 기어 와? 병원에 떡이라도 붙여 놨냐?"

이택진이 어이없다는 듯이 손가락질을 했다.

"딱히 할 일이 없었다니까? 그나저나 김창순 할머님은 괜찮으시냐?"

"아주 슈바이처 나셨어. 김창순 할머니 아주아주 잘 계셔. 너 있을 때보다 훨~씬 더!"

이택진이 입을 삐죽거렸다.

"다행이네."

"그러니까 그 태평양 같은 오지랖 좀 그만 피우지?"

"알았다. 아무튼 의국에 별일 없지?"

"……너 하나 없다고 CS 의국이 무너지기라도 한다던? 아무 일도 없거든!"

이택진이 어깨를 으쓱거렸다.

"그래, 다행이다."

"하여간, 가지가지 한다. 그새를 못 참고 바퀴벌레처럼 병원으로 기어 나와?"

"아무튼 그렇게 됐다니까. 내가 없으면 병원이 안 돌아갈 것 같아서 왔다. 왜?"

"놀고 자빠졌네. 아무튼 충신 나셨다, 충신!"

띠리리리.

"이것 봐, 고함 교수님이 벌써 찾잖아? 내가 이런 존재라니깐?"

고함 교수의 호출이었다.

"어휴, 모지리 같은 놈! 주는 휴가도 못 찾아 먹는 놈!"

"나 가 봐야 하는데, 더 할래?"

"가라, 가, 등신아!"

이택진이 한심하다는 듯이 손을 내저었다.

─야! 김윤찬, 너 어디야?

고함 교수에게 전화를 걸자마자 걸걸한 목소리가 튀어나왔다.

"네, 교수님, 병원입니다."

─병원? 네가 왜 병원에 와 있어? 지금 휴가 아냐?

"어휴, 일이 좀 생겨서요. 그나저나 무슨 일이십니까?"

-잘됐네, 병원이면. 지금 당장 내 방으로 튀어 와.

"네, 알겠습니다."

고함 교수 연구실.

"넌 왜 어딜 가나 사고냐?"

연구실에 들어가자마자 고함 교수가 고개를 내저었다.

"아셨습니까?"

"그럼, 내가 그걸 모르겠냐? 강동병원 차 교수한테 연락받았다. 네가 또 사람 하나 살렸다면서?"

"……뭐, 꼭 그런 건 아니고요."

"아니긴 뭐가 아니야? 피스툴라(흉벽누출공, 흉벽에 생긴 구멍) 환자를 랩으로 드레싱했다면서?"

"아, 네. 장비가 없는 탓에 어쩔 수 없이요. 아, 그 환자 쏘래식 피스툴라가 맞다고 하나요?"

"그래, 인마. 다행히 폐까지는 뚫리지 않았다더라. 하여간, 랩으로 드레싱할 생각은 어떻게 한 건지."

"뭐, 그냥, 궁하면 통하는 거죠. 그나저나 비장은요? 스플리넥토미(비장절제술)는 잘된 건가요?"

"어, 네가 예상한 대로 비장이 아주 너덜너덜해져서 적출했다고 하더라. 간도 좀 찢어져서 조금만 늦었어도 큰일 날 뻔했대."

"휴우, 다행이네요."

"아무튼, 넌 참 별난 놈이다. 네가 환자를 따라다니는 거냐, 환자가 널 따라다니는 거냐?"

고함 교수가 어이없다는 듯이 혀를 내둘렀다.

"저도 잘 모르겠습니다. 둘 다인 것 같기도 하고……."

"하여간 네 팔자도 참 기구하다. 아무튼, 지금 같이 원장실에 좀 올라가자."

"네? 원장실엔 왜요?"

"왜긴, 사고를 쳤으면, 그 대가는 치러야지."

"네?"

"아무튼, 가 보면 알아."

고함 교수가 자리를 박차고 일어났다.

"……."

"뭐 해, 안 잡아먹으니까 빨리 따라나서지?"

내가 머뭇거리자 고함 교수가 손가락을 까닥거렸다.

"아…… 네."

"어서 와요, 김윤찬 선생!"

원장실에 들어가자마자 어이없게도 장태수 원장이 벌떡 일어나 나를 맞았다.

"선생님!"

뒤이어 모습을 드러낸 한 여자와 노신사.

그녀는 며칠 전에 내가 구해 준 아주머니의 딸인 한혜연이었다.

"어? 당신은……."

"선생님, 저 기억하시나요?"

한혜연이 밝게 웃으며 인사를 했다.

"네, 기억하긴 하는데, 여긴 어쩐 일로?"

"저분이 네가 말하던 그분이시니?"

그러자 노신사가 나지막이 물었다.

"네!"

"오, 그래!"

그녀의 말에 노신사가 한걸음에 내게로 달려왔다.

"고맙습니다! 정말, 정말 고맙습니다. 제가 이 은혜를 어떻게 갚아야 할지!"

노신사가 내 손을 덥석 붙잡았다.

"네? 그게 무슨??"

"며칠 전에 지리산에서 사고가 나서 선생님이 구해 준 사람의 남편 되는 사람이올시다."

그제서야 뭔가 퍼즐이 맞춰지는 듯했다. 내 앞에 이 노신사는 며칠 전 사고 때, 내가 구해 준 아주머니의 남편이었다.

"아, 네. 그렇군요. 아주머니는 괜찮습니까?"

"네네, 선생님이 응급조치를 잘해 주셔서 목숨을 건졌습니다. 지금은 수술받고 안정을 취하고 있어요.”

“다행이군요!”

“아내가 하도 선생님을 찾아보라고 성화라 이렇게 불쑥 찾아왔습니다.”

“아, 네. 그러실 필요 없는데.”

“아닙니다! 아내를 구해 준 생명의 은인이신데, 외국에 계시더라도 찾아봬야죠.”

노신사가 잡고 있던 손을 놓아 주질 않았다.

“하하하, 세상 인연이라는 게 참 묘합니다. 하필이면 어떻게 그 순간에 우리 김윤찬 선생이 그 자리에 있었는지! 자자, 이렇게 서 있지만 말고 앉읍시다. 앉아요.”

노신사나 한혜연보다 장태수 원장의 표정이 더 밝아 보였다.

“네.”

난 얼떨결에 자리에 앉을 수밖에 없었다.

“김윤찬 선생, 내 옆으로 와요!”

“아뇨, 괜찮습니다.”

“괜찮긴, 빨리 이리 오라니깐.”

장태수 원장이 거듭 손짓을 했다.

“네에.”

“우리 김윤찬 선생이 참, 대견한 일을 했습니다. 안 그렇습니까, 회장님?”

회장님?? 이건 또 무슨 괴랄한 시추에이션인가?

장태수의 말에 난 영문을 알 수 없었다.

"하하하, 누군지 잘 모르는가 본데, 이분이 바로 국내 굴지의 기업인 태양 그룹의 한정석 회장님이시라네."

태양 그룹?

뭐야, 태양 화장품으로 유명한 그 그룹 맞나? 유나가 광고하는?

"뭐 하나, 정식으로 인사드리지!"

장태수 원장이 옆구리를 툭 건드렸다.

"아…… 그렇군요. 제가 몰라봬서 송구합니다."

"아니에요! 당치 않은 소리! 저 같은 늙은이를 알아서 뭐하게요. 그냥 앉아 계세요. 인사는 내가 정식으로 해야지."

도리어 한정석이 자리에서 일어났다.

"아, 아닙니다. 편히 앉아 계십시오."

"그래도 되겠습니까?"

"어휴, 물론이죠."

"허허허, 감사합니다! 연희병원에 이런 훌륭한 인재가 있는 줄 몰랐습니다!"

나를 쳐다보는 노신사의 눈에서 꿀이 떨어지는 듯했다.

"아닙니다. 전 그냥, 의사로서 최선을 다했을 뿐입니다."

"아닙니다. 그날따라 유독 느낌이 안 좋아 제가 이 아이하고 아내에게 산에 가지 말라고 했는데, 부득불 간다고 우기더니 그런 사고가 났지 뭡니까? 선생님이 아니었다면 늘그막에 생홀애비가 될 뻔했습니다그려."

"정말 고맙습니다, 선생님!"

한혜연이 일어나 정중하게 인사했다.

"아닙니다. 의사라면 누구든 그 상황에서는 그렇게 했을 겁니다."

"아뇨! 그 상황에서 조금도 미련 없이 그 높은 절벽을 타고 내려가는 의사는 없었을 거예요. 그 상황에서 현수막을 이용해 로프를 만들 생각을 누가 할 수 있을까요?"

"하하하, 그러게 말입니다. 그나저나 윤찬 군! 언제 그렇게 산 타는 법을 배웠나?"

장태수 원장은 여전히 싱글벙글쇼였다.

"그냥, 학교 때 동아리 활동을 좀 했습니다."

"하하하, 그랬군! 역시 똑똑한 사람은 뭐든 잘하는 법이라니까."

"과찬이십니다."

"하하하, 아무튼 윤찬 군이 우리 병원의 명성을 드높였어요. 정말 장합니다, 장해!"

"누구나 할 수 있는 일이었습니다."

"……누구나 할 수 있는 일이 아니죠, 사람의 목숨을 살린다는 건. 아무튼 이 은혜 평생 잊지 않겠습니다. 그래서 제가 김윤찬 선생님과 연희병원에 감사하다는 뜻을 전하고 싶은데……."

"네? 어떤?"

"하하하, 자세한 건 고함 교수가 설명을 드리지."

한정석이 멈칫하자 장태수 원장이 고함 교수에게 눈치를
줬다.

"네. 윤찬 군, 앞으로 태양 그룹에서 우리 병원의 정식 후
원사가 되어 주시겠다는군."

"네? 정말입니까?"

"그래. 게다가 한 가지 더 있어."

"네? 뭐가 더 있습니까?"

"그건 자네에 관한 건데……."

"교수님, 그건 제가 직접 말씀을 드리고 싶군요."

그사이, 한정석이 끼어들었다.

"네에, 그렇게 하십시오."

"선생님, 제가 개인적으로 선생님을 후원하고 싶습니다.
이곳뿐만 아니라 캠브리지든 존스홉킨스든, 아니면 다른 나
라 어디든, 선생님이 훨훨 날 수 있도록 지원하고 싶군요."

"저런저런! 이렇게 고마울 데가 있나? 우리 회장님이 윤찬
쌤을 엄청 아끼나 봅니다!"

장태수 원장이 게임 통에서 두더지 튀어나오듯 불쑥 튀어
나왔다.

"말씀은 감사하지만, 괜찮습니다."

"혹시 부담되어서 그러시는 겁니까?"

캠브리지? 존스홉킨스?

후후후, 그건 내 능력으로도 충분히 갈 수 있어. 당신의 도움 없이도 얼마든지 가능합니다.

다만, 전 아직 이곳에서 할 일이 많아서요. 제안은 감사하나 정중히 거절합니다.

"……네, 그렇습니다. 뭔가를 바라고 한 일이 아니니까요."

"이, 이 사람아! 그게 무슨 결례인가? 회장님이……."

"아닙니다! 결례라뇨? 원장님, 그런 말이 어디 있습니까? 결례를 했다면 오히려 제가 선생님께 한 겁니다. 너무 갑작스럽게 말씀드려서 당황하셨나 봅니다!"

"아닙니다. 회장님의 뜻만 감사히 받겠습니다. 아직 전, 이곳에서 배울 것이 많습니다. 게다가, 여기 계신 원장님, 고함 교수님을 비롯해 연희병원의 의료진이 캠브리지나 존스홉킨스 의료진에 비해 뒤진다는 생각은 한 번도 해 본 적이 없습니다. 제가 굳이 그곳에서 공부할 이유가 없습니다."

"그렇군요! 원장님은 좋으시겠습니다. 이렇게 훌륭한 제자를 두셨으니 말이죠. 역시, 소문대로 연희병원은 실력뿐만 아니라, 인성도 갖춘 곳이군요! 전 여태, 이런 곳을 놔두고 후원한다, 장학 사업을 한다, 헛발질만 했습니다."

"하하하, 그렇게 봐 주시니 송구할 따름입니다, 회장님!"

밝아진 얼굴에 이젠 꽃까지 핀 장태수 원장이었다. 발그레한 볼이 더욱더 붉어지는 듯했다.

"하아, 그나저나 일을 어쩐다. 아무리 그래도 내가 김윤찬 선생을 위해서 뭐라도 해 드리고 싶은데 말입니다."

한정석 회장이 난감한 듯 고개를 갸웃거렸다.

"저는 괜찮습니다."

"아니에요. 저 편하자고 하는 말입니다. 제가 뭐라도 해 드려야 발 뻗고 잘 수 있을 것 같아서 말입니다. 아내에게 시달릴 생각을 하니, 눈앞이 캄캄해서 말이죠."

"호호호, 맞아요. 선생님한테 갔는데 그냥 왔다고 하면, 아마 우리 아빠 평생 엄마한테 시달릴 거예요! 선생님, 뭐든 괜찮으니까 아빠를 좀 살려 주세요, 네?"

옆에 있던 한혜연이 애교 섞인 콧소리를 냈다.

"맞아요. 혜연이 말대로 저 좀 살려 주십시오, 네?"

덩달아 불쌍한 표정을 짓는 한정석 회장이었다.

"……그렇다면 뭐 하나 부탁드려도 되겠습니까?"

"물론입니다. 그거 듣던 중 반가운 소리군요."

한정석 회장이 기다렸다는 듯이 눈을 반짝거렸다.

"그래요, 윤찬 군! 너무 겸손한 것도 예의에 어긋나는 법입니다. 뭐든 말씀해 보세요."

여전히 두더지 노릇에 전념하는 장태수 원장이었다.

"네, 그러면 말씀드리겠습니다. 회장님도 아시다시피 흥부외과를 비롯해 외과는 타 과에 비해 환경이 열악합니다. 그렇다 보니, 후배들도 외과를 기피하는 거고요."

"음…… 저도 대충은 알고 있습니다."

"네, 그래서 만약 도움을 주실 수 있다면, 우리 외과 쪽을 지원해 주시면 좋겠습니다."

"물론입니다! 어차피 제가 연희병원의 후원사가 되기로 했으니, 그야 당연히 원장님과 추진해야죠. 설마 그게 다는 아니겠죠?"

"……하나 더 있습니다."

"뭐든 말씀해 보세요."

"외과 자체의 사정도 어렵지만, 저처럼 지방에서 올라온 수련의들은 서울 학생들보다 그 생활이 더 어렵습니다. 그들의 복지 문제를 좀 더 신경을 써 주셨으면 합니다!"

"아…… 선생님이 연희대 출신이 아니었습니까?"

"네, 전 명진대 의대를 나왔습니다. 이후에 이곳에 와서 근무하고 있는 중이고요."

"아, 그렇습니까? 죄송합니다."

한정석 회장의 얼굴에 살짝 민망함이 비쳤다.

"아닙니다. 상관없습니다."

"윤찬 군! 뭐, 그런 것까지 밝힐 필요가……."

장태수 원장이 민망한 듯 내 손을 살짝 쥐었다.

"아닙니다! 아니에요. 역시, 우리나라 의료 실력은 세계 최고 수준이란 말이 맞군요! 제가 그동안, 서울 의대와 지방 의대에 차이가 있다는 어리석은 편견에 빠져 있었다는 생각에 너무 부끄럽습니다."

"그렇게 생각해 주시니 감사합니다. 다만, 이곳 연희대에 와서 더 많은 것을 배우고 익혔다고 생각합니다."

이쯤에서 장태수 원장의 민망함을 지워 줘야 하는 것도 내 몫이었다.

"네네, 김윤찬 선생님의 말씀을 잘 새겨듣도록 하겠습니다. 누구나 타지로 나오면 고생이지요. 제가 그 마음, 잘 압니다. 아주 잘 알아요."

"감사합니다."

"그래요, 선생님 말씀대로, 우리 그룹 장학사업부에 요청해, 직접적인 도움이 될 수 있는 방안을 강구하라고 하겠습니다."

"감사합니다, 회장님."

"하하하, 정말, 오랜만에 맘에 드는 청년을 만난 것 같습니다. 안 그러냐, 혜연아?"

"네, 아빠!"

한혜연이 날 보며 환하게 웃었다.

"그나저나, 우리 선생님은 올해로 나이가 어떻게 되십니까?"

"서른입니다."

"아이고! 우리 혜연이랑 딱 네 살 차이군요! 원장님, 네 살 차이는 궁합도 안 본다고 하지 않던가요?"

"네? 하하하, 네네, 그렇습니다. 예전부터 남녀 간에 네 살 차이는 그렇다고 하죠."

"맞아요. 정말 탐이 나는 청년입니다. 안 그러냐, 혜연아?"

"어휴, 아빠!"

붉어진 한혜연의 얼굴, 한 회장을 째려보지만 그렇게 싫지만은 않은 표정이었다.

잠시 후.

"후후, 김윤찬이 제법인데!"

한 회장 부녀와 헤어지고 난 후, 고함 교수가 어깨를 맞대며 말했다.

"뭐가 말씀이십니까?"

"뭐…… 그냥, 대견해서 그런다, 인마. 어쩔래?"

"그러니까, 뭐가 대견하다는 말씀이십니까?"

"어라? 이 새끼 봐라? 이제 좀 컸다고 나하고 맞다이 까려고 하네? 내가 그렇다면 '네!' 그럴 것이지, 지금 엉까는 거냐?"

고함 교수가 허리에 양팔을 짚으며 인상을 썼다.

"어휴, 교수님! 진짜 우리가 뭐 조폭도 아니고, 언제까지 이래야 합니까?"

"아놔, 미치겠네? 내가 전에 의사 안 됐으면 조폭 했을 거라고 했냐, 안 했냐? 흉부외과 조폭 맞아. 그래서 이러는 거야, 어!"

"아, 진짜! 교수님!"

"잔소리 말고, 드루와! 드르와!"

고함 교수가 헤드록 자세를 취하며 손을 까딱거렸다.

"교수님!"

"어? 안 들어와?"

획, 고함 교수가 재빨리 내 목에 헤드록을 걸더니, 머리카락을 흐트러뜨렸다.

"아, 아아! 아파요, 진짜!"

"웃기지 마, 인마. 요놈아! 요, 축복받을 새끼야."

더없이 밝아 보이는 고함 교수의 표정이었다.

만석꾼집 7대 독자

"이봐, 김 차사! 이젠 나머지 초에 전부 불을 붙여도 되겠지?"

"……윤 차사도 그렇게 생각해?"

"뭐, 이쯤 되면 사람 구실 할 수 있지 않겠어?"

"음…… 그럴까?"

"당연하지. 이제 저놈아도 자기 능력 펼치면서 훨훨 날아야 할 때가 된 것 같은데?"

"좋아! 지금까지 보아 온 결과로, 그만한 자격은 갖췄다고 봐."

"맞아. 이놈아 덕분에 우리가 얼마나 덕을 봤나?"

"그래, 가뜩이나 환생 비리다 뭐다 감찰도 심한데, 명부에 없는 인간들 끌고 왔다가는 낭패지."

"당연하지. 망자들이 억울하다고 널브러지면 그거 진짜, 답 없거든! 이제 일곱 개 촛불에 모두 불을 붙여 주자. 저 녀석이라면 잘 해낼 거야."

"오케바리! 까짓것 못 할 것도 없지."

그렇게 윤 차사와 김 차사가 일곱 개의 초에 불을 붙였다.

흉부외과 컨퍼런스 룸.

"지금부터 브리핑 시작하겠습니다. 전부 화면을 봐 주시길 바랍니다."

모든 환자들의 생과 사가 결정되는 이 순간, 우리는 지금의 브리핑을 통해 이 환자를 살릴 것인가, 포기할 것인가를 결정해야 한다.

과연 우리에게 그런 결정을 할 권리가 있을까?

아니!

곧바로 돌아오는 대답이었다.

우리는 환자들의 생과 사를 결정하는 것이 아니다. 당연히 그걸 결정할 권리도 없다.

다만, 환자를 살리기 위해 최선을 다할 뿐이다. 산파가 아이를 받아 내는 것처럼 말이다.

아이를 낳는 건 전적으로 임부가 해야 할 일이니까.

노련한 산파가 아이를 잘 받아 내듯, 우리는 환자가 스스로 병을 이겨 낼 수 있도록 옆에서 돕는 일을 할 뿐이다.

생과 사의 결정권자가 아니다.

그저 조력자일 뿐이다.

그 이상도 그 이하도 아니다.

회귀 전이나 지금이나 언제나 이 시간이 오면 가슴이 떨린다.

후우, 난 크게 심호흡을 한 후에, 스크린에 차트를 띄우며 브리핑을 시작했다.

"31세 여성 환자로, 산부인과에서 우리 과로 트랜스퍼된 환자입니다."

"산부인과라고 했나?"

"네, 그렇습니다."

"산부인과라면 설마 임산부라는 소린 아니죠?"

중앙에 자리를 잡고 있던 이기석 교수가 눈매를 좁혔다.

"……불행히도 임산부가 맞습니다."

불길한 예감은 틀린 적이 없다고 했던가?

이번에 산부인과에서 트랜스퍼된 이 환자는 임산부가 맞았다.

게다가 설상가상으로 폐에 종양이 생긴 것.

"……음, 뭔가 느낌이 쎄한데? 아무튼 계속해 보세요."

"네, 교수님! 본 환자는 임신 28주 차로, 우리 병원 산부인과에서 검진을 받던 중, 기침이 멈추지 않아 산부인과에서 우리 과에 검사를 의뢰한 결과, 스몰 셀 칼시노마(소세포 폐암)임이 확인되었습니다. 소세포암 2기로 판단됩니다."

"하아, 미치겠군. 임신 28주 차 임산부가 SCC(소세포암)라고? 하늘도 참 무심하군."

고함 교수의 미간이 잔뜩 일그러졌다.

일반적으로 폐암의 경우, 암세포의 크기에 따라 소세포암과 비소세포암으로 구분이 되는데, 대부분의 폐암은 비소세포암이고 소세포함의 비율은 대략 10% 내외였다.

비소세포암은 조기에 발견해 수술하면 완치가 가능하지만, 소세포암은 조기에 발견하기도 어렵고, 치료를 한다 해도 예후가 좋지 않았다.

워낙 전이 범위가 광범위해 수술보다는 항암 치료가 효과적인 암이었다.

"소세포암이라면…… 임산부한테는 치명적인데요?"

옆에서 브리핑을 듣고 있던, 이기석 교수의 눈가에도 주름이 잡혔다.

항암 치료를 염두에 둔 발언이었으리라.

"……당연하지. 소세포암은 어둠의 암살자야. 조기에 발견하기도 어려울뿐더러 워낙 진행 속도가 빨라 림프관은 물론이고 종격동(가슴 안쪽 공간으로 폐를 제외한 모든 것)까지 다 먹혔을 가능성이 높아."

"맞습니다. 예후가 매우 불량한 암입니다."

이기석 교수가 고개를 끄덕였다.

"이봐, 김윤찬 선생! 환자 사진 올려 봐."

"네, 알겠습니다."

잠시 후.

"음…… 이런 걸 천만다행이라고 해야 하나?"

휴우, 한걸음에 앞으로 걸어 나와 스크린을 살피던 고함 교수가 안도의 한숨을 내쉬었다.

"네, 교수님 말씀대로 천만다행이군요. 아직 림프관까지는 먹히질 않았어요!"

뒤따라 나와 가슴 사진을 살펴본 이기석 교수도 같은 반응이었다.

"그래, 운이 좋았어. 하느님, 부처님, 알라신이 도운 게 틀림없어. 보통 소세포암은 워낙 진행이 빨라 발견 당시에 이미 다른 장기까지 먹히기 십상인데……. 아직 림프관은 깨끗해! 이 교수, 이 정도면 수술도 가능하겠지?"

고함 교수의 얼굴에 희망 한 조각이 걸리는 순간이었다.

"그렇습니다. 암세포가 생각보다 크긴 하지만, 보조적으로 항암 치료를 한 다음에 크기가 좀 작아지면, 곧바로 가슴 열어서 종양을 제거하면 될 것 같습니다. 사진으로 봐선 긍정적입니다. 해 볼 만하다고 생각합니다."

이기석 교수가 사진을 유심히 살펴보며 팔짱을 꼈다.

"동감이야. 이건 천운이야. 정말 소세포암은 나도 넌더리가 나거든. 대부분의 환자들이 거의 손쓸 겨를이 없는 경우에 나한테 오는 경우가 많은데, 이 케이스는 충분히 해 볼 만해."

고함 교수가 한쪽 주먹을 굳게 쥐어 보였다.

"……맞습니다. 가능하다고 봅니다."

"그렇기는 한데……."

어느새 고함 교수의 얼굴에 먹구름이 드리우는 것 같았다.

"왜 그러십니까?"

"……항암이 될까?"

"뭐, 특별히 어려울 건 없을 것 같습니다. 시스플라틴(항암제)을 쓰면 될 것 같습니다. 시스플라틴은 암세포 증식 제한에 탁월하지 않습니까? 기존의 독성 항암제에 비해 부작용이 훨씬 적으니까요."

"그건 나도 알아. 시스플라틴 말고도 에토포시드, 탁센 같은 항암 치료제들도 속속 들어오고 있으니까. ……하지만 그게 문제가 아니잖아?"

"환자가 임산부이기 때문입니까?"

"당연하지."

"그게 무슨 문제가 될 수 있습니까? 당연히 임부를 살려야 하지 않겠습니까? 아이는 포기하더라도요."

이기석 교수가 정색하며 말을 이어 나갔다.

"우리나라는 그렇게 당신네 미국처럼 간단명료 심플하지가 않아. 여긴 한국이라고!"

"그게 무슨 말씀이십니까? 한국이라는 것과 환자 수술하는 거랑 무슨 상관이 있단 말입니까?"

도통 이해할 수 없다는 듯한 이기석 교수의 표정이었다.

"상관있어."

"음, 그게…… 혹시 대를 이어야 한다는 뭐 그런 겁니까? 현대사회에서 그게 뭐가 중요하단 말입니까? 이해할 수 없군요."

"그런 게 아니야. 환자를 설득하기 쉽지 않을 거야."

"모성애를 말씀하시려는 겁니까?"

"당연하지. 자기 새끼 포기할 엄마는 없으니까."

고함 교수가 시선을 아래로 떨어뜨렸다.

"음…… 어렵긴 하겠죠. 미국에서도 이런 케이스가 종종 있긴 했습니다. 그들도 하나같이 수술을 포기하려 했어요. 하지만. 당연히 설득을 해야죠. 어떻게든 설득을 해야만 합니다. 아이야 또 낳으면 되는 것 아닙니까?"

"그게 그렇게 쉬운 게 아니라니까! 엄마와 아이의 관계는 그렇게 오징어 다리 찢듯이 찢어 낼 수 있는 게 아니란 말이지."

고함 교수가 답답한 듯 고개를 내저었다.

"도저히 이해할 수가 없군요. 이대로 놔두면 환자는 죽습니다. 교수님도 잘 아시잖습니까? 소세포암의 전이 속도가 얼마나 빠른지!"

"알아, 아니까 지금 고민하는 거 아니야? 다만, 환자하고 아기 둘 다 살릴 방법이 있냐 하고 말이야."

고함 교수가 눈썹을 치켜떴다.

"이성적으로 판단해야 합니다. 지금 상황은 선택을 해야 할 때입니다. 임부든 아이든."

이기석 교수가 이해할 수 없다는 듯이 고개를 내저었다.

"……이기석 교수님! 이 환자가 임신한 아이가 아들이라는 데 문제가 있습니다."

난 이해를 돕기 위해 두 사람 사이에 끼어들 수밖에 없었다.

"아들? 아들이든 딸이든 그게 무슨 상관입니까?"

"7대 독자입니다. 게다가 임신이 안 되어 수차례 시험관 시술 끝에 얻은 아이죠."

"……아니, 그게 무슨 상관입니까? 7대 독자든 17대 독자 든, 그게 수술하는 것과 무슨 상관이 있다는 겁니까?"

"당연히 상관이 전혀 없다고 할 순 없지. 환자를 설득하는 것도 쉽지 않겠지만, 그 가족들을 설득하는 것도 만만치는 않을 거야."

"도저히 이해할 수 없군요. 요즘이 어떤 시대인데 7대 독 자를 운운합니까? 무조건 수술을 해야 합니다."

"그래, 해야겠지. 그러니까 나도 지금 생각 중이라고 하잖
아?"

"무슨 생각이 필요한 건지 잘 모르겠습니다."

"그래, 자네 말대로 현재 상태로 우리가 고를 수 있는 선
택지는 아이냐, 임부냐, 딱 두 가지뿐인데……. 아무튼 남편
부터 만나 봐야 할 것 같군. 허허허, 7대 독자? 이거 꼬여도
단단히 꼬였구먼."

휴우, 고함 교수가 천장을 올려다보며 한숨을 내쉬었다.

♥

며칠 후, 고함 교수 진료실.

임산부이자 암 환자인 진혜숙의 남편, 조동찬이 고함 교수
의 연구실을 찾아왔다.

"……뭐, 뭐라고요?"

청천벽력과도 같은 소리. 자신의 아내가 폐암에 걸렸다는
소식은 조동찬에게 엄청난 충격이었다.

조동찬이 연신 마른세수를 해 댔다.

"유감이지만, 폐 소세포암이라고 진행 속도가 굉장히 빠
른 암입니다. 바로 항암 치료를 해야 할 것 같습니다."

"그, 그러면 아, 아이는 어떻게 되는 겁니까?"

속이 타는지 조동찬이 바짝 마른 입술에 침을 둘렀다.

"이보세요, 보호자분! 질문이 틀렸습니다."

"네?"

"아이가 아니라 아내의 상태가 어떤지 물어보는 것이 순서죠."

고함 교수가 입술을 굳게 다물었다.

"……아, 네. 죄송합니다. 아내는 어떻게 되는 겁니까? 당연히 살 수는 있는 거겠죠?"

그제서야 조동찬이 아내의 안부를 물었다.

'흠흠흠, 엎드려 절받기군.'

"네, 천만다행으로 항암 치료를 시작하고 종양의 크기가 작아진 후 적절한 시기에 우폐하엽에 생긴 암세포를 제거하면 일상생활을 하는 데는 아무런 문제가 없을 겁니다."

고함 교수가 모니터에 띄워진 CT 결과를 가리키며 말했다.

"……항, 항암 치료라면 아이한테 문제가 생기는 것 아닙니까?"

"……그렇습니다. 폐암에 잘 듣는 몇 가지 약들이 있는데, 독성이 큰 편이죠. 어느 정도의 부작용은 감수하셔야 할 것 같습니다."

"그렇다면 아, 아이는요? 아이는 무사하게 출산할 수 있는 겁니까?"

조동찬의 목소리가 미세하게 흔들리는 듯했다.

"현재로선 아이와 임부, 둘 다를 살릴 확률은 채 5%가 되질 않습니다."

"네? 겨, 겨우 5%라고요?"

"네, 그렇습니다."

"어, 어떻게 이런 일이……."

얼굴색이 흙빛으로 변해 버린 조동찬이었다.

"결국, 선택을 해야 하는 상황이고, 아내분을 위해서라면 아이를 포기할 수밖에 없습니다. 유감입니다."

"……."

휘청, 아이를 포기하라는 고함 교수의 말에 조동찬이 몸을 휘청거렸다.

상당히 충격을 먹은 모양이었다.

"괜찮습니까?"

"아, 네. 괘, 괜찮습니다. ……정말, 아이를 살릴 수 있는 방법은 없는 겁니까?"

"말씀드렸듯이 워낙 독성이 강한 항암제라 아이에게는 치명적입니다. 게다가 이제 28주밖에 되지 않은 아기기 때문에 동시 수술도 불가능한 상황입니다. 결국, 의사로서 5%라는 미미한 확률에 매달릴 순 없으니까요. 현재로선 아내와 아이

중에 하나는 포기할 수밖에 없습니다."

지금 같은 상황에선 감정에 휘둘림 없이 최대한 객관적인 데이터로 설득할 필요가 있었다.

"어, 어떻게 얻은 아이인데⋯⋯."

엉엉, 결국 조동찬이 닭똥 같은 눈물을 흘리며 울음을 터뜨리고 말았다.

"진정하십시오."

"하아⋯⋯. 아내 배 속에 있는 아이는 우리 집안의 7대 독자입니다. 좀처럼 임신이 안 돼, 온갖 약에, 좋다는 병원에, 어디 안 다녀 본 곳이 없어요. 이곳저곳을 전전하다 어렵게 얻은 아이인데, 그 아이를 포기하라뇨!"

조동찬의 목이 메이는 듯했다.

"그렇다고 환자분을 포기할 순 없지 않습니까?"

"네, 알아요, 압니다! 하지만⋯⋯."

"같은 남자로서 남편분의 심정은 충분히 이해합니다. 하지만, 저라면 결코 어리석은 판단은 하지 않을 것 같군요."

"⋯⋯치료를 받으면 아내는 확실히 무사할 수 있는 겁니까?"

조동찬이 눈물을 훔쳐 내며 물었다.

"최선을 다하겠습니다."

"네에, 최선을 다해 주십시오. 우리 혜숙이 꼭 좀 살려 주십시오. 불쌍한 여자입니다."

"그러면, 환자분께 통보는 어떻게 할까요? 힘드시면 저희가 환자분께 통보해 드리도록 하겠습니다."

"아, 아닙니다. 제가, 제가 아내한테 말해 주겠습니다."

"네, 그렇게 하십시오. 다만, 빨리 결정하셔야 할 것 같습니다. 말씀드렸다시피, 아내분의 병은 시간과의 싸움입니다. 하루라도 빨리 항암을 시작하는 것이 중요합니다. 게다가 워낙 태아의 주 수가 높아서 지체했다가는 임신중절도 쉽지 않을 수 있어요. 지금도 이미 늦었습니다."

"얼마 전까지만 해도 꼬물거리는 걸 봤는데……. 어떻게 이런 일이!"

흑흑흑, 조동찬은 하늘을 올려다보며 눈물을 훔쳐 냈다.

"아내분이 건강해지시면 아이는 또 가지시면 됩니다. 지금은 아내분만 생각하십시오."

"아, 알겠습니다."

잠시 후.

"임부를 설득할 수 있을까요?"

조동찬이 나간 후, 난 고함 교수에게 물었다.

"글쎄……. 내가 진혜숙 환자 같은 사람을 처음 본 건 아니야. 지금까지 수차례 봐 왔는데……."

흐음, 고함 교수가 천천히 고개를 내저었다.

설득하기 쉽지 않다는 의미였으리라.

당연하죠. 저 역시, 많은 사람을 경험해 봤습니다.

그래서 알죠. 쉽지 않다는 것을.

"당연히 쉽지 않겠죠?"

"자네는 남자라서 잘 모르겠지만, 모성애라는 게, 그렇게 간단한 게 아니야. 아이를 위해서라면 팔이든 다리든, 심지어 하나뿐인 심장도 내놓으라면 내놓는 게 엄마의 마음이니까."

남자라서 모른다고? 뭐야, 자기도 남자면서?

"네."

"당연히 설득하긴 쉽지 않겠지만, 할 수 없지. 남편이 잘 설득하길 바라는 수밖에."

"음……. 태아와 임부, 둘 다 살릴 수 있는 길은 없을까요?"

"없어."

고함 교수가 단호한 목소리로 답했다.

"좀 전에 5% 확률이 있다고 하셨잖습니까??"

"그거야, 의사는 신이 아니니까. 환자 앞에서 100%를 언급할 순 없는 거야. 언제나 우리 주변엔 기적이라는 것이 존재하니까. 하지만 그 희박한 기적을 기대하기엔 환자의 상태가 너무 안 좋잖아?"

"진짜 기적이 일어난다면, 어떤 게 있을 수 있을까요?"

"글쎄? 혹시 모르지, 타임머신을 타고 지금으로부터 한 20년 후로 갈 수만 있다면 말이야. 그때쯤 되면 우리 의학계가 뭔가 해결책을 내놓지 않겠나? 아이와 임부, 둘 다 살릴 수 있는 방법이 있을지도."

"지금으로선 불가능하다는 얘기군요."

"그래, 지금은 불가능하지만, 해내야지. 아마도 그 몫은 자네 같은 젊은 의사들이 짊어져야 할 걸세."

고함 교수가 내 어깨를 툭 건드렸다.

20년 후라…….

교수님, 그거 그렇게 어려운 일은 아닌 것 같은데 말이죠.

"여보, 저 절대로 저 수술 안 받아요. 절대로, 절대로 우리 쑥쑥이 포기 못 해요."

조동찬이 설득 작업에 들어갔지만 진혜숙의 태도는 완고했다.

절대로 아이를 포기할 것 같지 않은 그녀였다.

"혜숙아……. 그러다 너 죽어!"

아내를 생각하자면 치료를 시작해야 하지만, 집안을 생각하면 아이를 버릴 수도 없는 그였기에 더없이 난감한 상황이었다.

하지만 그래도 조동찬이 선택한 건 그의 아내였다.

"여보, 버틸 거예요! 나, 버틸 수 있어요. 이제 3개월만 지나면 출산인데, 나중에 치료받으면 되잖아요. 겨우 3개월 안에 무슨 일이 일어나겠어요?"

흑흑흑, 진혜숙이 울먹였다.

"의사 선생님이 위험하다고 했잖아! 아이는 또 가지면……."

"여보! 맞아요. 당신 말처럼 아이는 또 낳을 수 있을지 모르지만, 우리 쑥쑥이는 아니잖아요. 전, 절대로 우리 쑥쑥이를 포기할 수 없어요. 그깟 폐 한쪽 없으면 어때요!"

진혜숙이 애절한 눈빛으로 자신의 배를 매만졌다.

"당신이 위험할 수도 있다고! 지금 아이 생각할 때가 아니야."

"여보, 연어는 새끼를 낳으면 그 새끼를 먹이려고 자신의 몸을 내준대요. 결국, 새끼들한테 살을 다 뜯기고 뼈만 앙상하게 남아 최후를 맞이한다고 하네요."

"……."

그녀의 말에 조동찬이 아무 말도 하지 못했다.

"그렇게 새끼를 위해서 죽음을 맞이한대요……. 한낱 미물도 그렇게 자기 새끼를 아끼는데, 사람인 내가 아이를 포기한다는 게 말이 돼요? 절대, 항암 치료 안 받을 거니까 그렇게 알아요."

"……혜숙아."

"그까짓 폐 한쪽이 대수예요? 우리 쑥쑥이만 온전하게 잘 태어날 수 있으면 그거 없어도 돼요, 전."

"……."

진혜숙의 말에 조동찬은 아무 말도 할 수 없었다.

"절대…… 절대! 당신, 쓸데없는 짓 하지 마요. 난 우리 쑥쑥이 절대로 포기할 수 없으니까요."

진혜숙이 남편의 팔을 잡으며 눈물을 글썽거렸다.

"혜숙아! 난 네가 더 소중해. 우리 아이 없어도 행복하게 살 수 있어. 그러니까 제발 고집 좀 피우지 마. 응?"

"여보, 나 피곤해요."

"혜숙아……."

"자꾸 엄마가 이렇게 큰 소리 내면 우리 쑥쑥이 정서에 안 좋아요."

자신의 생각은 확고하니, 더 이상 왈가왈부하지 말라는 의미였으리라.

"너, 정말!"

조동찬 역시 그녀의 고집을 꺾기에는 역부족이었다.

다음 날.

화려하지는 않지만 단아한 옷차림에 도도해 보이는 60~70대 부인과 세련된 모습의 여자 하나가 진혜숙의 병실을 찾았다.

그 사람들은 진혜숙의 시어머니 김양자와 시누이 조동숙
이었다.

"니, 맴 단디 무라."

"네, 어머니."

진혜숙이 시선을 아래쪽으로 향했다.

"얼라는 또 낳으면 된다. 내가 무슨 말 하는지 알제?"

뜻밖의 발언이었다.

워낙 꼬장꼬장한 종갓집 며느리였고, 본인 역시 아들인 조
동찬을 낳기까지 얼마나 맘고생이 심했던가?

하지만 그녀의 입에서 나온 말은 의외였다.

"네?"

깜짝 놀란 진혜숙이 흘러내리는 머리카락을 쓸어 올렸다.

"요즘 세상에 7대 독자가 뭔 귀신 씻나락 까먹는 소리고?
아는 신경 쓰지 말그래이."

"엄마 말이 맞다! 올케야, 괜히 쓸데없는 생각 하지 마라."

옆에 있던 조동숙이 거들고 나섰다.

"……어머니, 전 우리 쑥쑥이 포기 못 해요."

"쫌! 내가 니 그럴 줄 알았데이. 쓸데없는 생각 말고 내 말
대로 해라. 내가 확 사둔어른한테 일러바쳐 뿐다, 어이?"

"……어머니, 아빠한테는 제발."

만감이 교차하는 듯한 진혜숙의 표정이었다. 자기를 생각

해 주는 시어머니가 그저 고마울 뿐이었다.

"하모하모, 네가 내 말대로만 하믄 그런 일 없다. 그러니까네, 괜한 고집 피우지 말고, 항암 치료 해라. 알긋나?"

"그래, 올케. 엄마 말대로 해. 그리고 우리 집안 있잖아. 반드시 대를 이을 만큼 뼈대 있는 집안도 아니래. 뭐래더라? 조선 말기에 돈으로 양반 신분 산 거……."

"치아뿌라! 이놈의 가스나야, 그건 아니데이. 동찬이 할아버지에 할아버지가 진사를 지내셨다카이. 아가야, 그건 아니데이."

돈만 있으면 살 수 있는 명목상의 호칭이 진사였다.

"풋……."

자기도 모르게 피식거리는 진혜숙이었다.

"그래그래, 웃어라. 자꾸 그렇게 찡그리고 있지 말고, 어이?"

"……네, 어머니."

"노파심에 다시 당부한다만, 젊으니까 얼라는 나중에 낳으면 된다. 넌 방댕이가 커서 순풍순풍 열 명이라도 날 기다. 내가 잘 안다 안 카나."

부드러운 표정으로 며느리의 손을 잡아 주는 김양자였다.

"어머니!"

흑흑흑, 진혜숙이 더 이상 참지 못하고 눈물을 쏟아 내고 말았다.

"울지 마라. 내도 네 남편 동찬이 생기기 전까진 바늘방석 이었데이. 하루하루가 지옥이었어. 그때, 내가 결심했는기 라. 절대로, 절대로 내 며느리한테는 대물림 안 하겠다고! 알 긋나, 내 말?"

"……."

흑흑흑흑, 진혜숙이 양손으로 얼굴을 부여잡고 오열했다.

"아가, 실컷 울어라. 그라믄 속이 뻥하니 뚫린데이."

"흑흑흑."

"내가 돌아가신 네 엄마하고 약속 안 했나. 너, 딸같이 데 리고 살겠다고 말이다. 너 잘못되면 난중에 나 저승 가서 네 어매한테 멱살 잡힌데이. 아무 걱정 말그라. 이 어매가 지켜 줄구로."

"어, 어머님!"

"오야, 그동안 얼마나 힘들었을꼬. 의사 선생님 말을 들어 보니, 하늘이 도왔다고 카더라. 치료만 잘하면 아무 문제 없 단다. 어이?"

"……아, 알겠습니다, 어머니."

김양자의 진심 어린 위로에 진혜숙도 조금씩 잡고 있던 고 집을 풀어 놓는 듯했다.

"아버님한테……."

"아무 걱정 말그라. 내가 그 영감탱이는 귀삶아 놓을 테니 까. 너도 앞으로 동찬이 그놈아가 쓸데없는 소리 하면 밥을

굵겨라. 그라믄 국민학생맹키로 말을 참 잘 듣는데이. 밥에
는 장사 없다 안 카나?"

그 순간에도 끝까지 진혜숙 편을 들어 주는 속 깊은 김양
자였다.

"가, 감사합니다, 어머니."

"감사하긴…… 치아뿌라, 같은 식구끼리 그런 소리 없다."

"네, 그렇게 하겠습니다. 어머님, 저 좀 쉬고 싶어요."

"아, 알았데이. 하모하모, 쉬어라. 우린 그만 간데이. 동숙
아, 가자. 자가 쉬고 싶단다."

"알았어, 엄마."

"됐다! 그냥 누버 있어라."

김양자가 일어나려는 진혜숙의 어깨를 눌러 앉혔다.

고함 교수 연구실.

그리고 얼마 지나지 않아, 꼬장꼬장해 보이는 노신사 하나
가 고함 교수 연구실을 찾아왔다.

그의 이름은 조정식, 진혜숙의 시아버지였다.

"어휴, 꼬장꼬장한 시골 노인이라 걱정되는군. 무조건 아
이부터 살려 내라고 하면 어쩌냐?"

평소와는 달리 잔뜩 긴장한 모습의 고함 교수였다.

"너무 걱정 마십시오. 그러지 않을 겁니다."

"네가 그걸 어떻게 알아?"

"아마도 그럴 겁니다."

"젠장, 윤찬이 네가 몰라서 그래. 가부장적인 노인네들이 얼마나 고집이 센데? 어휴, 벌써부터 걱정이야."

"상관없습니다. 교수님은 그냥, 원리 원칙대로 말씀해 주시면 됩니다."

"하아, 아무튼 걱정이야, 걱정! 내 말빨이 먹히려나."

똑똑똑.

그 순간, 노크 소리가 들렸고 한눈에 봐도 고집스러운 노인 하나가 연구실로 들어왔다.

♥

하지만 고함 교수의 걱정은 기우에 불과했다.

꼬장꼬장한 가부장적인 권위가 흘러넘칠 듯한 조정식의 반응은 우리 모두의 예상을 뛰어넘었다.

"교수님, 진혜숙이 시애비 되는 사람이올시다."

"어서 오십시오."

고함 교수가 조금은 긴장된 표정으로 자리를 안내했다.

"시골에서 소식 듣고 바로 달려왔습니더. 우리 며늘아기는 우째 되는 겁니까?"

교수실에 들어오자마자 진혜숙의 안부부터 묻는 시아버지 조정식이었다.

"네?"

뜻밖의 대답에 멈칫하는 고함 교수.

밤새도록 아이를 포기하고 진혜숙을 살려야 할 이유를 1백 가지도 더 만들어 둔 그였기에 당황하지 않을 수 없었다.

고함 교수의 노고(?)가 수포로 돌아가는 순간이었다.

"우리 며늘아기 말입니더. 치료만 제대로 하면 살릴 수 있는 겁니까?"

조정식의 얼굴에 간절함이 묻어나 있었다.

"……많이 어렵습니다. 아, 아니, 아이를 포기하기만 한다면 충분히 좋아질 수 있습니다. 다행히 초기에 발견된지라."

대차게 한판 붙으러 갔더니, 상대가 뜻밖에 꼬리를 내리는 꼴이라고 할까?

긴장이 탁 풀린 듯 맥이 빠져 버린 고함 교수였기에 말이 헛나오는 듯했다.

"교수님, 그거 확실합니까?"

"네, 그렇습니다. 치료만 제대로 받는다면 건강해질 수 있습니다."

"됐어예. 그러면 됐습니더. 우리 혜숙이만 살려 주이소, 교수님."

자신의 며느리를 딸처럼 혜숙이라고 호칭하는 그.

지금까지 아이에 관한 그 어떤 질문도 하지 않는 조정식이었다.

"네에, 다만 불행히도 아이는 포기하셔야……."

"하모요. 아도 중요하지만 저한테는 우리 혜숙이가 억수로 더 중요합니더. 우리 며늘아기만 살려 주신다면 더 바랄 게 없습니더, 하모요!"

예상치 못한 반응에 뭔가 허탈(?)하긴 했지만, 어쨌든 다행이었다.

굳이 이들과 입씨름할 이유가 없었으니까.

"맞습니다. 다만, 지금 당장 항암을 시작해야 하는데, 며느님이 계속 고집을 피우고 계셔서 말입니다. 그게 걱정이군요."

"당연히 애미로서 그렇겠지요."

"네, 그건 저도 이해합니다. 다만 다행히도 암세포가 조기에 발견되어서 적절한 치료만 받으면 충분히 치료가 가능한 상황입니다. 하루라도 빨리 치료를 받아야 합니다."

의외로 술술 말이 잘 통하는 상황이었다

"그라모, 항암 치료가 끝나면 바로 수술 드가는 겁니까?"

"네, 그렇습니다."

"그라모 교수님 말맹키로 그렇게 해 주이소."

"네, 최선을 다하겠습니다. 다만……."

"돈은 걱정 마이소. 내가 이래 봬도 영천 조가 아입니까?

서울 사는 재벌들만은 못하지만 땅마지기는 좀 가지고 있습니더."

"네, 대신 어르신께서 며느님을 잘 좀 설득해 주십시오."

"하모요. 여부가 있겠습니까?"

"……정말 아이는 포기해도 되겠습니까?"

여전히 상황이 믿기지 않은 듯 고함 교수가 되물었다.

"또 낳으면 됩니더. 동찬이랑 혜숙이캉 아직 젊다 아입니
꺼. 우리 며늘아가가 억수로 착합니더. 이 큰 살림에 맏며느
리로 들어와가 고생 많이 했지예. 선생님, 꼭 살려 주이소."

조정식이 고함 교수의 두 손을 움켜쥐었다.

"네, 어르신 말씀대로 며느님이 착하셔서 하늘이 도왔습
니다. 조기에 암세포를 발견할 수 있었어요. 진혜숙 환자분
같은 경우는 1백 명 중 한 명 나올까 말까 한 상황이거든요."

"참말잉교?"

조정식의 얼굴에 화색이 돌았다.

"네, 그렇습니다."

"다행입니다. 정말 다행이라예! 교수님! 아무튼, 아무 걱
정 말고 우리 며늘아가만 살려 주십시오. 돈은 얼매나 들어
가도 상관없습니더."

"네, 최선을 다하겠습니다."

"그라모, 지는 교수님만 철석같이 믿고 가겠습니더."

"네, 일단 하루라도 빨리 치료를 시작해야 합니다. 며느님

을 꼭 좀 설득해 주십시오.”

“네, 알겠습니다.”

“좀 허탈한데?”

조정식 씨가 나가자 고함 교수가 의자에 몸을 깊숙이 파묻었다.

“뭐가요?”

“……난, 그 꼬장꼬장한 양반이 무데뽀로 아이부터 살려내라고 하면 어떡하나 했거든. 7대 독자라면서?”

“뭐, 다행이잖습니까?”

“그렇긴 한데……. 아, 그나저나 넌 저 양반이 이렇게 순순히 나올 거라고 예상했던 거냐? 아까 자신만만하더만.”

“네.”

“‘네.’라고? 무슨 근거로?”

고함 교수가 궁금한 듯 몸을 곧추세웠다.

제가 회귀하기 전에도 그랬으니까요. 저분, 진혜숙 씨 병간호를 직접 하신 분입니다.

진혜숙 씨가 돌아가시던 날, 그 누구보다 더 서럽게 통곡하셨던 분도 저분이고요.

제가 그걸 어떻게 잊겠습니까?

“그냥요.”

“그냥이라고? ……도대체 넌 속에 뭐가 들어가 앉아 있는 거냐? 너보다 인생을 두 배나 더 산 나도 사람 속은 살피기 힘든데…… 젠장!"

"시골에서 병원으로 바로 오신 것 같은데, 산부인과를 안 들르시고 우리 과로 먼저 오셨어요. 그게 뭘 뜻하겠습니까? 좀 전에 택시에서 내려 바로 이곳으로 오시는 걸 봤습니다, 저분."

"헐…… 말 되네. 그나저나 저 양반 얼굴을 알아?"

"네?? 아…… 조동찬 씨랑 너무 닮았기에."

"하아, 하여간 눈썰미도 좋다. 하긴, 부자지간에 닮긴 닮았더라. 아무튼, 마음이 한결 가벼워졌어."

"네, 지금부터는 진혜숙 씨 치료에 전념하시면 될 것 같습니다."

"그래, 그래야지. 저렇게 좋은 시부모님들이 계시니, 건강하게 오래오래 행복하게 살게 해야지, 암!"

고함 교수가 입술을 굳게 다물었다.

맞습니다! 저런 다복한 가정에 눈에 넣어도 아프지 않을 귀염둥이가 있으면 얼마나 좋겠습니까?

그죠, 교수님?

"네네, 맞습니다, 교수님!"

진혜숙 병실.

쾅!

진혜숙의 시어머니 김양자가 진혜숙과 같이 있는 병실.

조정식이 얼굴에 잔뜩 노기를 띤 채로 병실로 뛰어 들어왔다.

"니, 지금 제정신이가? 양잿물을 처묵었나? 지금 니 애비 송장 치는 꼴을 볼라카나? 어이!"

쩌렁쩌렁 울리는 병실, 조정식이 들고 있던 지팡이를 허공에 휘저으며 화를 냈다.

"여, 영감이 여길 어떻게?"

조정식의 뜻밖의 등장에 김양자가 자리에서 벌떡 일어났다.

"내가 지금 못 올 데를 온 기가?"

"그게 아니라……."

"이 여자가 뭐라카노? 아무튼, 지금 교수님 만나고 왔다."

"벌써 만난 겁니꺼? 그렇게 화만 내지 마시고 앉아요."

모든 상황이 이해가 되는 듯, 김양자가 천천히 자리에 앉았다.

"너, 미쳤나? 어이!"

조정식의 눈에 노기가 가득 차 있었다.

"아니…… 그게 아니라, 당신 혈압도 높고, 심장도 안 좋고 그래가……."

"그 입 다물라 안 카나! 아가 지금 이 지경인데, 그게 뭔 대수고? 내가 지금 당장이라도 죽는다 카나, 어이?"

"죄송해요."

"……죄송할 짓을 왜 하는 건데, 어이?"

"당신이 안다꼬 해결될 일도 아이고 해서 그랬어예."

김양자의 목소리가 기어들어 갔다.

"……뭐라꼬? 그러믄 나를 끝까지 속일라 캤나? 손바닥으로 하늘을 가려 봐라, 그게 가려지나."

끙, 조정식이 못마땅하다는 듯이 얼굴을 붉혔다.

"죄송해요. 다신 안 그러겠습니더."

"하여간, 너 혜숙이 잘못되면 다 니 책임인기라. 알긋나?"

"아니, 그게 무슨……."

"아버님, 저 괜찮아요. 어머님은 아버님이 걱정돼서 그러신 거예요."

참다 못해 진혜숙이 중재에 나섰다.

"아가야, 괘안나?"

김양자에겐 무섭게 호통치던 그가 진혜숙 앞에서는 순한 양으로 변하는 듯했다.

"……네, 아버님! 괜찮습니다."

"동찬이 니, 이 문딩이 자슥아. 네 마누라는 네가 챙겨야 하는 거 아이가? 퍼득 나한테 알렸어야지!"

"……."

화살 끝이 조동찬에게 향하자 머쓱한지 그가 고개를 숙

였다.

"아버님, 저는 정말 괜찮아요."

"그래, 아무 걱정 말고 네 몸 생각만 해야 한데이."

"……아버님, 우리 쑥쑥이 꼭 살리고 싶습니다."

그러자 진혜숙이 조정식의 팔을 잡았다.

"……아가야, 쓸데없는 소리 하지 말그래이. 얼라는 또 낳으면 된다! 제발, 고집 피우지 마라."

"아버님, 전 절대로 아이를 포기할 수 없어요."

"내 다 안다. 니 맴 아니까, 아부지가 하자는 대로 하자, 응?"

조정식이 부드럽게 진혜숙의 손을 잡아 주었다.

"…….".

"괜안타. 아무 신경 쓰지 말그래이. 만약에 치료 안 받고 네 맘대로 하믄, 나 다신 너 안 본데이. 그런 줄 알그래이."

"……아버님!"

"니, 얼매나 맴고생이 심했겠노? 섭섭하데이. 니, 진짜 날 아버지라고 생각하고는 있는 기가? 어이?"

"아, 아버님."

"사돈 양반 일은 아무 걱정 말그래이. 내가 다 알아서 할 테니까. 니는, 니 생각만 해라."

최근 부도를 맞아 곤경에 처한 진혜숙의 아버지.

하지만 진혜숙은 시댁에 일언반구도 자신의 아버지 일을

꺼내지 않았다.

하지만 어떻게 조정식이 알았는지 모든 것을 처리해 둔 상황이었다.

"아버님!"

흑흑흑, 진혜숙이 결국 참고 있던 눈물을 쏟아 버리고 말았다.

"난, 네가 이 배 속에 있는 핏덩이보다 백 배는 더 중요하데이. 난, 네가 차려 준 고슬밥 없이는 밥도 못 먹는다 아이가? 제발, 쓸데없는 생각 말그래이. 이 애비 억장이 무너진데이."

조정식이 흘러내리는 진혜숙의 눈물을 훔쳐 내 주었다.

💗

흉부외과 당직실.

"윤찬아, 그 진혜숙 환자 항암 시작하기로 했다면서?"

벌렁, 당직실로 들어온 이택진이 간이침대에 누우며 물었다.

"응."

"응? 인마, 내가 그걸 묻는 게 아니잖아? 그 집안이 엄청 부자라면서? 상주에서 제일가는 지주 집안이라던데?"

"그게 치료받는 거랑 무슨 상관이야?"

"아니, 7대 독자라면서? 원래 그런 집안들은 대를 중요시 여기잖아."

"그래서?"

"하아, 조선 시대엔 다들 그랬잖아? 대를 잇는다고 씨받이 같은 것도 들이고."

"지금이 조선 시대니? 어디다 그런 헛소리를 갖다 붙여?"

"아니, 뭐 그 정도 재력이면 대리모 그런 것도 하지 않나 싶어……."

"그 입 다물어라. 지금이 어느 시댄데 대리모를 운운해? 너 아직도 그런 구시대적인 발상을 하고 있는 거냐?"

"아니, 인마! 내가 그런다는 게 아니고……. 뭐, 그렇다는 거지. 아무튼 정말 예상 밖이네?"

이택진이 몸을 반쯤 일으키며 고개를 갸우뚱했다.

"모든 사람이 다 너 같다고 생각하지 마라. 그분들, 진심으로 진혜숙 환자를 아끼고 있더라. 그리고 너, 혹시나 노파심에 말하지만, 그 사람들 앞에서 대리모 어쩌고저쩌고하면 내 손에 뒈지는 줄 알아!"

"졸라 무섭네! 그만 쳐다봐라. 그러다 눈에서 레이저 나오겠다?"

"암튼, 그 조동아리 조심 좀 하고 살지?"

"내 입 가지고 내가 살겠다는데 뭐?"

"어휴, 그 조동아리 때문에 언젠가 한번은 크게 당할 거야, 너!"

"됐고! 그건 내가 알아서 해. 내가 그런 천지 분간도 못 하는 후안무치인 줄 아냐?"

"어."

"하여간 말하는 싸가지하곤. 뭐…… 그나저나 아무튼, 치료를 시작하기로 했다니 다행이네."

이택진이 뻘쭘한 듯 뒷머리를 긁적거렸다.

♥

고함 교수 연구실.

고함 교수, 이기석 교수 그리고 내가 진혜숙 환자의 치료 및 수술 계획을 수립하기 위해 한자리에 모였다.

수술 동의를 얻어 내기까지 쉽지 않았다.

조정식은 끝까지 아이를 낳겠다고 완고하게 버티던 진혜숙을 가까스로 설득할 수 있었다.

아니, 설득보다는 반강제 협박(?)에 가까웠으리라.

결국, 진혜숙이 항암 치료를 받기로 결정한 이유는 단 1%라도 아이를 살릴 수 있는 방법이 있다면, 뭐든 하겠다는 약속을 받았기 때문.

끝까지 아이를 포기하고 싶지 않은 모정의 발로였다.

아무튼 천신만고 끝에 진혜숙의 항암 치료가 결정되었다.

"난, 그 시아버지라는 사람이 막무가내로 나오면 어쩌나 걱정했는데, 천만다행이야."

휴우, 고함 교수가 안도의 한숨을 내쉬었다.

"당연한 거 아닙니까?"

이기석 교수의 표정은 대수롭지 않다는 듯 무뚝뚝했다.

"그게…… 미국에서처럼 그렇게 간단한 게 아니야."

"미국이나 한국이나 사람 사는 건 다 똑같습니다. 인간으로서 현명한 선택을 한 거라 생각합니다, 전."

"하여간 차갑기가 한겨울 처마 밑에 고드름 같군. 그게 그런 게……. 됐고! 아무튼, 진혜숙 씨가 치료를 받기로 했다니 다행이야."

"네."

"지금부터 항암 들어가야지. 하루라도 빨리 치료를 하는 게 좋을 테니까."

"네, 그렇습니다."

"약은 뭘로 쓸 거야?"

"아무래도 소세포암은 항암 화학반응이 좋으니, 좀 강한 걸로 써야 할 것 같습니다."

"강한 걸로라……. 세포독성 항암제를 말하는 건가?"

고함 교수의 표정이 급격히 어두워지는 듯했다.

태아에겐 치명적인 독성을 지닌 세포독성 항암제. 여전히 아이에 대한 미련을 버리지 못한 그였기에 당연한 반응이었으리라.

"그렇습니다."

세포독성 항암제는 몸속에서 자라는 암세포를 무차별적으로 공격해 괴멸시키는 항암제로, 점막, 골수 등 같은 속도로 빠르게 성장하는 정상 세포도 공격해, 그 부작용이 크다.

설사, 빈혈, 백혈구 감소증이 그 부작용인데 임신한 여성에게는 치명적일 수 있는 강한 항암 치료였다.

결국, 아이를 포기해야만 하는 상황. 단 1%라도 가능성을 부여잡고 싶은 고함 교수였기에 표정이 어두운 건 너무도 당연했다.

"아이 걱정 때문에 그러십니까?"

"임신한 지 1~2개월 지난 것도 아니고 이미 7개월이 넘은 아이야. 이제 어엿한 사람이라고."

고함 교수의 목소리가 미세하게 떨렸다.

"……네, 맞습니다. 7개월이면 이미 하나의 인격체로 인정해야겠지요. 저도 그 점은 무척 유감입니다."

"다른 방법은 전혀 없는 건가?"

끝까지 아이를 포기하고 싶지 않은 고함 교수였다.

"네, 라스베이거스에서 슬롯머신을 돌리는 것이 아니니까요. 임부냐, 아이냐 선택을 해야 하는 상황이고, 지금의 합리적인 선택은 임부입니다."

"말을 꼭! 그렇게 해야 해? 그래서 마음이 편치 않은 거야.

이제 곧 있으면 세상에 나올 소중한 생명인데…….”

고함 교수의 눈이 잦아들었다.

“우린 언제나 선택의 순간에 놓여 있습니다. 동전의 양면 같은 삶입니다. 중간은 없어요. 한쪽을 선택하면 다른 한쪽은 미련 없이 버리는 게 맞습니다.”

“나도 알아. 이 교수는 그렇게 합리적으로 생각하도록 뇌가 돌아가는지는 모르겠지만, 난 그런 족속이 못 돼. 동전이 엎어지지 않고 바로 설 수도 있지 않은가?”

“……교수님은 조물주가 아니십니다. 그건 신의 영역이에요. 더 이상 고민하실 필요가 없습니다. 환자를 살리기로 하셨으면 환자에만 집중해 주십시오. 다른 생각은 불필요합니다. 감정적으로 접근하지 말아 주십시오.”

이기석 교수의 생각은 단호했다.

“하아, 하여간 자네 말은 백 번 생각해도 옳은 소리긴 한데, 이상하게 영 맘에 들진 않는단 말이지. 아무튼, 자네 말이 옳아. 결국, 이 방법뿐이겠지.”

고함 교수는 불편한 심기를 숨기지 않았다.

“실례였다면 죄송합니다.”

“아냐아냐, 실례긴. 이성적으로 생각해야 할 때 아닌가? 그래, 이왕 이렇게 된 거 진혜숙 환자, 어떻게든 살려 내야지, 아이 몫까지.”

“네, 잘 생각하셨습니다.”

"내일부터 바로 투약 시작합시다. 종양내과에 협진 의뢰 넣고 시작하자고."

"네, 진단방사선과에도 의뢰해 방사선 치료도 병행토록 하겠습니다."

이기석 교수가 고개를 끄덕였다.

"그래. 김윤찬 선생!"

"네, 교수님."

"이기석 교수 얘기 잘 들었지? 진혜숙 환자 추적 관찰 눈여겨보도록 해. 마냥 항암 치료에만 의존할 수 없으니까 말이야."

"네, 알겠습니다."

"그리고 항암을 시작하면, 부작용이 시작될 거야. 특히, 백혈구 수치를 잘 살펴봐야 해. 골수 검사도 빠짐없이 해야 할 거야."

"네, 알겠습니다."

"자 자, 지금부터 차근차근 해 보자고. 암 덩어리 크기가 적절하게 작아지면 개흉 수술을 할 생각이니까."

"네, 그렇게 하겠습니다."

"그래! 이건 어쩌면 하늘이 내려 주신 행운일지도 몰라. 이 케이스처럼 소세포암을 조기에 발견한 건 학계에 보고할 일이니까. 다들, 하는 데까진 최선을 다합시다."

"교수님, 저 외람되지만 질문 하나 드려도 되겠습니까?"

그렇게 회의가 마무리될 무렵, 난 고함 교수에게 질문을 던졌다.

"뭐야, 말해 봐."

"에토포시드, 이리노테칸(세포독성 항암제)을 병용해 사용하실 겁니까?"

"그래, 그게 소세포암에 잘 듣는 항암제니까. 왜, 무슨 문제라도 있나?"

고함 교수가 눈을 깜박였다.

"부작용이 너무 심한 것 아닌가요?"

"……지금까지 우리가 했던 얘기가 그 부분 아닙니까? 왜 같은 소리를 반복하죠?"

그러자 이기석 교수가 못마땅한 표정을 지었다.

"그래, 이기석 교수 말이 맞아. 불가항력적이지 않나. 그 방법 말고는 다른 대안이……."

"표적 암 치료제를 쓰면 되지 않습니까?"

"표적 암 치료제? 그래, 고려하지 않은 건 아니지. 몇 가지 표적 암 치료제가 있긴 해. 하지만 그건 에토포시드보다 훨씬 효과가 떨어져. 소세포암이 워낙 전이 속도가 빨라서 그거 가지고는 어림도 없다고 봐야지."

고함 교수가 고개를 내저었다.

"그러면 다시 묻겠습니다. 성능이 훨씬 개선된 표적 항암 치료제를 쓸 수만 있다면, 굳이 에토포시드나 이리노테칸을 쓰지 않아도 되는 것 아닙니까? 결국, 아이를 포기하지 않아도 되는 거고요."

"허허허, 그래. 그거야 이론적으론 가능한 얘기지. 그래서 내가 자네한테 말했잖아, 타임머신이라도 있으면 미래로 가서 그런 거 가지고 오겠다고. 자네, 타임머신이라도 있는 건가?"

"그런 게 있을 리가 있겠습니까?"

"그러니까 내 말이. 그런 게 없으니까 지금 우리가 할 수 있는 최선을 다하자는 거야. 자 자! 다들 일들 보자……."

"잠깐만요, 교수님!"

"뭐야, 바쁜데."

"만약에 그 타임머신이 없어도 그 항암제를 쓸 수 있다면요?"

"그게 무슨 귀신 씻나락 까먹는 소리야? 그런 약이 지금 어디 있냐고?"

고함 교수가 의아한 듯 고개를 갸웃거렸다.

"만약에 있다면요?"

"김윤찬 선생! 지금 장난할 때가 아닙니다."

이기석 교수가 퉁명스럽게 쏘아붙였다.

"아니, 불가능한 건 아니지 않습니까? 교수님도 잘 아시지 않습니까, 캠브리지 암 센터에서 표적 항암 치료제 트리플 X가 개발 중이라는 것을요."

"트리플 X?? 이 교수, 그게 뭐야?"

고함 교수가 곧바로 반응했다.

"그게……."

"뭐야! 빨리 말해 봐."

"네, 김윤찬 선생의 말대로 제이든 박사가 중심이 된 암 센터 연구소에서 지금까지 개발된 표적 항암 치료제를 혁신적으로 개선한 항암제를 개발 중이라고 합니다. 저도 자세한 내용은 모릅니다."

"그래?? 그럼 부작용 없이, 기존의 세포독성 항암제보다 성능이 낫다는 거야? 성능이?"

마치 사막의 오아시스를 만난 듯 고함 교수가 입맛을 다셨다.

"네, 그렇긴 한데, 아직 연구 단계입니다. 이제 겨우 임상 1상이 끝난 것으로 알아요. 상용화가 되려면 아직 멀었습니다. 쓸 수 있는 약이 아니에요."

이기석 교수가 단호하게 고개를 내저었다.

"오! 그래?"

이기석 교수의 겨우 임상 1상이란 말이 고함 교수에겐 벌써 임상 1상으로 들렸던 모양이었다.

고함 교수가 귀를 쫑긋 세웠다.

"네, 다만 그건 어디까지나 캠브리지의……."

"고함 교수님! 이기석 교수님!"

난 두 사람의 얼굴을 번갈아 쳐다봤다.

"말해, 뜸 들이지 말고."

"제가 그 트리플 X를 들여올 수 있다면, 허락하시겠습니까?"

"뭐, 뭐라고요?"

"뭐라고?"

내 말에 두 명의 교수의 동공이 부풀어 올랐다.

트리플 X!

꿈의 신약이라 불리는 표적 항암 치료제.

제이든 박사가 주축이 된 캠브리지 폐암 연구 센터에서 개발 중이었다.

지금으로부터 정확히 10년 후에 FDA 승인을 받아 세상 밖으로 나온다.

세상에 나오자마자, 폐암 환자들에겐 기적의 치료제가 된 트리플 X.

흉부외과계에선 신의 약이라고 불릴 정도로 그 효과는 어마무시했다.

정확히 암세포만을 공격해, 위장 점막, 골수, 생식기 세포이 세 가지 조직에 부작용이 없어서 트리플 X라 불렸다.

시판 초기에는 워낙 고가여서 우리나라 의료보험의 적용이 되지 않았다.

2015년이 되어서야 일부 적용이 되었고, 2020년 현재, 대

표적인 폐암 항암제로 군림하고 있었다.

임상 초기부터 대성공을 거뒀을 만큼, 캠브리지 연구진이 각고의 노력 끝에 탄생시킨 꿈의 항암제였다.

물론, 당시만 해도 임산부 테스트는 하지 않아 무리가 있었던 것은 사실이나, 난 알고 있다.

이 약이 임산부에게 해가 없다는 것을!

그래서 난, 이 항암제를 써 보려고 한 것이었다.

"트리플 X를 진혜숙 환자에게 써 보면 어떻겠냐고 말씀드렸습니다."

"뭐, 뭐를 써??"

고함 교수가 어이없다는 듯이 날 쳐다봤다.

이제 겨우 임상 1상을 마친 약을 사용하겠다니, 미친놈이라고 생각했으리라.

게다가, 우리나라에서 개발된 약도 아니니 말이다.

"김윤찬 선생! 그걸 지금 말이라고 합니까? 이제 겨우, 임상 1상에 들어간 약을 어떻게 쓰겠다는 거죠?"

이기석 교수가 발끈하며 나섰다.

너무나 당연한 태도였다.

"교수님이 말씀하셨듯이 1상 결과가 매우 좋았잖습니까?"

"음…… 그러고 보니 김윤찬 선생이 그걸 어떻게 알고 있습니까? 나도 그저 존스홉킨스에 있는 제 동료한테 귀동냥한 건데?"

이기석 교수가 의심의 눈초리를 보냈다.

"지금 교수님이 말씀하셨잖아요?"

"내가 1상을 마쳤다고 했지, 결과가 좋았다고 했던가? 아닌 것 같은데?"

이기석 교수의 눈빛에 더욱더 의심이 더해졌다.

아뿔사!

하여간 예리한 면이 있는 인간이었다. 이기석 교수라는 사람은.

"그, 그게 중요한 게 아니지 않습니까? 그냥 1상을 마쳤다고 하니, 결과가 좋았겠구나 싶었던 거죠."

"그렇다고 해도 이건 좀 이상하잖아?"

이기석 교수가 여전히 의심의 눈길을 거두지 않았다.

"흠흠, 이미 캠브리지 사이트나 존스홉킨스 의학 사이트에서도 의사들 사이에서 화제이지 않습니까? 저도 그곳에서 정보를 얻었습니다."

"그래?"

여전히 미심쩍은 듯 이기석 교수가 자신의 턱을 매만졌다.

"그건 그렇고 교수님, 하나만 여쭙겠습니다. 만약에 그 트리플 X를 우리가 쓸 수만 있다면, 한번 도전해 보시겠습니까?"

"……효과가 있는 것과 우리가 그걸 사용할 수 있느냐는 별개의 문제입니다. 1급 비밀에 붙여 개발 중인 신약을 과연 캠브리지가 오픈하겠습니까?"

이기석 교수가 부정적인 시각을 내비쳤다.

"그 트리플 X인지 Y인지 하는 약이 그렇게 놀라워?"

나와 이기석 교수의 대화에 걸걸한 고함 교수의 목소리가 끼어들었다.

"……김윤찬 선생이 한 말은 흘려들으세요. 가능하지 않은 신기루 같은 얘기입니다."

이기석 교수가 딱 잘라 말했다.

"아니, 아니, 그게 정말 항암제의 부작용을 최소화할 수 있냐는 걸 묻는 거야. 가능한지 안 한지는 하나도 중요하지 않아."

부작용을 최소화할 수 있다는 말을 들은 이상 가만있을 고함 교수가 아니었다.

"그렇긴 하지만, 그게 쉽게 구할 수 있는 건……."

"됐어, 거기까지! 분명 효과가 있다는 거 맞지? 그거만 답해."

"네, 그렇습니다. 제가 알고 있는 선에선."

이기석 교수가 고개를 끄덕거렸다.

"알았어. 그러면 한번 덤벼 보는 거야. 되면 좋고 안 되면 원안대로 가면 되는 거 아닌가?"

"아무리 그래도……. 괜히 치료 시기만 늦추는 꼴이 될 겁니다."

"됐다니까. 이 교수는 원안대로 스탠바이 해 두고 있으라고. 내가 직접 부딪쳐 볼 테니까."

돈키호테가 따로 없다.

언제나 고함 교수는 이런 식이었다. 그래서 난 고함 교수를 존경한다. 지금은 가만있으면 가마니로 아는 세상이니까.

"일단, 내가 제이든 교수에게 한번 연락해 보지. 지난번에 이미 안면도 터 났으니까 못 할 것도 없지 않아? 사람 살리는 데 체면이고 나발이고 뭐가 중해?"

고함 교수가 입을 굳게 다물었다.

"그게, 단순히 안면을 텄다고 되는 일은 아닙니다. 수십억 달러가 걸려 있는 신약에 관한 일이에요. 헛고생입니다. 단언컨대!"

"아니야, 좀 더 긍정적으로 생각하자고. 어차피 임상이라는 게, 테스트 베드가 많으면 많을수록 좋은 거 아닌가?"

"아니, 그게……."

"우리도 임상 실험에 일조하면 되는 거 아냐? 우린 이런 프로세스를 수차례 경험한 적이 있다고. 안 그래, 김윤찬 선생?"

"네, 맞습니다. 때론 모로 가도 서울만 가면 되는 전략이 먹힐 때가 있죠."

난 고함 교수를 향해 가볍게 고개를 끄덕였다.

"그래! 바로 그거지. 길이 막히면 돌아가면 되고, 정 안 되면 헬기를 부르면 되는 거야. 사람 하는 일에 불가능이란 게 어딨나! 내 말이 맞지?"

"네, 소세포암을 조기에 발견한 것이 하늘이 뜻이라면, 그 트리플 X를 쓰는 것도 하늘의 뜻이라 생각합니다. 궁하면 통한다는 속담도 있고요. 제이든 교수님께 한번 연락해 보 시죠."

"좋아! 어쩔 수 없이 아이를 포기하려 했던 거지, 방법이 있다면 당연히 임부와 아이 둘 다 살려야지. 암! 당연히 그래 야지. 그게 의사가 할 일이야."

"……정말 그런 무모한 짓을 하시려는 겁니까? 김윤찬 선 생은 왜 그런 무모한 제안을 하는 겁니까? 이해할 수가 없 군요."

이기석 교수가 어이없다는 듯이 입술을 잘근거렸다.

"해 보고 안 되면 그때 다시 생각하면 될 일이라고 하지 않아? 왜 해 보지도 않고 물러서려 하나?"

"……그게 너무 뻔한 결과가 예상되니까."

"아이! 됐고. 안 되면 원래대로 가는 거야. 단 0.1%의 확률 이라도 해 봐야지. 로또가 816만분의 1의 확률이라고 했던 가? 최소한 그거보단 높잖아?"

"아니, 그건 경우가 다르지 않습니까?"

"아니, 같아. 꽝 된 사람한텐 816만분의 1이지만, 운 좋은 누군가에겐 100%거든. 난, 816만분의 1보다 그 단 한 사람의 100%를 믿고 싶은 사람이야."

"……."

"아무튼, 이건 우리 셋만 아는 걸로 하지. 이기석 교수는 도와주고 싶지 않으면 조용히 빠지시든가."

"아, 정말! 하여간 교수님만 보면 서커스를 보는 것 같습니다. 위태위태해요."

"하하하, 서커스는 원래 그런 맛으로 보는 거야. 가슴 조마조마하지 않은 서커스를 무슨 맛으로 보나? 이 교수는 내키지 않으면 빠지면 돼. 대신 입단속은 확실히 하고."

"……누가 빠진다고 했습니까?"

이기석 교수가 입을 삐죽 내밀었다.

"하하하, 그치? 자네도 도와줄 거지?"

"어휴, 아무튼 두 사람 다 너무 위태롭습니다."

"같이할 거야, 말 거야? 빨리 말해."

"네, 저도 존스홉킨스 쪽에 연락해 지원사격을 할 수 있는 방법이 있나 좀 알아보겠습니다."

어휴, 이기석 교수가 체념한 듯 고개를 내저었다.

"그렇게 할 거면서 괜히……. 아무튼 시간이 없는 관계로 내가 바로 제이든에게 연락해 볼 테니까, 추후에 다시 회의하자고."

고함 교수가 이기석 교수의 어깨를 툭 건드렸다.

"네."

"네, 알겠습니다."

♥

-김윤찬이 너, 당장 내 방으로 뛰어 와.

"네, 교수님."

이튿날, 의국에서 차트를 정리하는데, 고함 교수의 호출이 있었다.

"교수님이 왜? 너, 또 무슨 삽질을 한 거냐?"

옆에서 대화를 엿듣던 이택진이 끼어들었다.

"글쎄다. 진혜숙 환자 때문이겠지."

"진혜숙 환자? 그 환자 항암 하기로 한 거 아냐?"

"그래, 교수님이 그것 때문에 오라고 하시는 것 같아."

"야, 그분 생각보다 훨씬 더 갑부더라."

"그 소린 또 어디서 주워들었냐?"

"인마, 연희병원 공식 택진 통신원이란 말도 모르냐? 우리 병원의 모든 소식은 여기로 모였다가 흩어지는 거야."

이택진이 자신의 머리를 톡톡 건드렸다.

"어휴, 하여간 오지랖은!"

"오지랖이 아니라, 그만큼 내가 정보 수집에 뛰어난 거지. 그나저나 그쪽에선 그 어르신 땅을 밟지 않고는 다닐 수가 없다던데? 과수원을 엄~청 크게 하신다고 하더라. 거기 사과가 졸라 유명하잖아. 웬만한 지방 유지들은 명함도 못 내민다고 하더라고."

"그게 무슨 상관인데?"

"인마, 그런 갑부 집 맏며느리인데, 정신 바짝 차리라는 거지. 행여나 잘못되기라도 하면, 아이고! 얼굴 생긴 것도 꼬장꼬장해 보이더만. 그래서 맘 단디 먹으라고 교수님이 널 부른 걸 거야."

이택진이 자신의 어깨를 문질거렸다.

"뭐, 우린 최선을 다할 뿐이야. 더 할 말 없으면 나 간다? 이 차트 좀 네가 정리해 주라."

"응, 다녀와라. 아무튼 몸 사려라. 느낌이 쎄해."

고함 교수 연구실.

"앉아."

"네, 교수님."

"너, 뭐냐?"

'너, 뭐냐?'는 나에 대한 공식 멘트인 듯하다.

아무튼, 연구실로 들어가자마자, 고함 교수가 날 노려봤다.

"네? 그게 무슨 말씀이신지……?"

"아니, 이게 지금 말이 되냐고?"

툭, 고함 교수가 테이블 위에 문서를 올려놓았다.

"이게 뭡니까?"

"야, 너 다 알면서 계속 엉깔래? 내가 제이든한테 연락했더니, 마치 기다렸다는 듯이 받더라? 이래도 시치미 뗄래? 확, 마!"

고함 교수가 심기가 불편한지 광대를 씰룩거리며 손가락으로 내 눈을 찌르는 시늉을 했다.

"⋯⋯잘되신 모양이군요."

"어라? 웃어?"

하아, 내가 피식거리자 고함 교수가 짧은 탄식을 내뱉었다.

"좋은 소식이 왔는데, 그럼 울까요? 아무튼, 모로 가도 서울로 가면 되는 것 아닙니까? 교수님 말씀대로요."

"내가 그걸 묻는 게 아니잖아? 너, 지금까지 모든 걸 알고 있었던 거냐? 그래 놓고 날 바보 만드니까 좋냐?"

고함 교수가 한쪽 다리를 꼬며 인상을 찌푸렸다.

"어휴, 교수님! 그런 말씀이 어딨습니까? 시작은 제가 했지만, 결과는 교수님이 만드신 거 아닙니까? 전 그저 첫 단추를 꿰었을 뿐입니다."

"지랄한다. 제이든이 이미 다 준비해 놓고, 옛다 먹으라고 던져 주더라. 임상 실험 허가까지 다 받아 놨던데?"

"그렇습니까?"

"그래, 인마. 그게 첫 단추를 꿴 거냐? 단추 다 달고 지퍼까지 올려놓고?"

"……미리 말씀드리지 못해 죄송합니다."

"야, 됐고! 언제부터냐?"

제이든과 내가 언제부터 사이가 가까워졌는지 묻는 것이었다.

"뭐, 그냥, 그렇게 됐습니다."

"하긴, 내가 너한테 뭘 묻겠니. 이번 일이 처음도 아니고. 하여간, 넌 괴물이야 괴물!"

"저같이 잘생긴 괴물이 어디 있습니까."

"지랄한다! 아무튼 결과가 최선이니 과정이야 묻지 않으마. 아무튼 아이를 살릴 길이 열린 것만큼은 팩트니까."

"네, 맞습니다."

"그래, 그렇긴 한데, 하나만 묻자."

고함 교수가 심각한 표정을 지었다.

"네."

"지난번에 걸스시대 콘서트하면서 제이든하고 너랑 안면을 터 둔 것까진 내가 이해하겠는데, 이렇게까지 해 줄 정돈 아니지 않냐?"

"……음, 제가 제이든 교수를 어떻게 설득했는지가 궁금하신 거군요."

"그래, 인마. 이기석 교수 말대로 수십억 달러가 걸린 프로젝트야. 그런데 안면 좀 있다고 1급 비밀을 너한테 털어냐? 그게 상식적으로 이해가 되냐? 그걸 나보고 액면 그대로 믿으라는 게 말이 돼? 어?"

지금이야 1급 비밀이지 20년 뒤도 1급 비밀입니까?

저만큼 트리플 X에 관한 내용을 많이 알고 있는 사람이 또 있을까요?

임상 2상, 3상 그리고 출시에 수많은 논문까지.

아마 현재를 기준으로, 캠브리지 연구원들보다 제가 트리플 X에 대해서 아는 게 더 많을 겁니다.

전 그들에게 아주 간단한 힌트 하나를 줬을 뿐입니다.

물론 그들은 실타래를 풀지 못해 골머리를 썩이고 있었겠지만.

"교수님이 그러셨잖아요? 저 같은 젊은 의사들이 해야 할 일이라고."

"그거야 먼 미래의 일이지. 누가 지금 당장 이렇게 놀래키라고 했냐?"

후후후, 교수님이 말씀하신 그 먼 미래가 저한테는 과거일 수 있으니까요.

"그냥 좀 앞당겼어요."

"영문 모를 소리만 처하는군. 터진 입이라고 막 떠드냐? 제이든이 그러던데, 네가 이번 신약 개발에 아주 중요한 역할을 했다고. 그게 뭐야? 일개 레지던트 주제에 뭘 했다는 건지 모르겠거든?"

"1급 비밀입니다."

"하아, 이 새끼 얼척없네! 한 대 맞고 말할래, 아니면 두 대 처맞고 말할래?"

오른손을 들어 올리는 고함 교수. 진짜 때릴 기세였다.

"아, 알았어요. 말씀드리면 되잖아요. 사실은…….."

차마 내가 제이든에게 트리플 X가 임부에 미치는 부작용 문제를 해결할 결정적 힌트를 줬다는 소린 못 하겠다.

난 대충 둘러댈 수밖에 없었다.

"음, 그래서 진혜숙 환자 시아버지 사연을 제이든에게 해 줬단 말이야?"

"네, 그렇습니다. 제가 큰 도움을 줬다는 건 다 핑계고, 사실 그 사연 때문에 도움을 주시는 거죠."

"음…… 그 구라를 나보고 믿으라고?"

고함 교수의 눈빛에 의심이 가득 차 있었다.

"네, 제이든도 어르신의 사연에 감동을 받았던 모양이더라고요. 한국의 전통적인 효 사상을 정확히 이해할 순 없지만, 그들도 사람이니까."

"하아, 하여간 이 새끼, 정말 알다가도 모를 놈일세? 좋아, 그러면 하나만 더 묻자. 캠브리지에서 트리플 X를 개발하고 있다는 건 어떻게 알았어? 그 발 넓은 이 교수도 대충 알고 있더만."

"그냥, 어쩌다 보니."

"대충 둘러대지 마라. 내가 존스홉킨스하고 캠브리지 사이트 전부 뒤져 봤으니까. 별거 없드만."

"……그건 뭐, 지난번에 제이든 교수와 식사하면서 얼핏 들었어요."

"그래? 사실이야?"

"네! 게다가 존스홉킨스 사이트 활동하면서 루머로 떠도는 말과 조합해 보니 대충 맞더라고요."

"확실해? 그 거짓말 믿어도 되냐?"

고함 교수가 가자미눈을 뜨며 나를 응시했다.

"네에, 제가 연구원도 아니고 그걸 어떻게 알았겠어요. 귀동냥 좀 한 겁니다. 교수님 말씀대로 일개 레지던트니까요."

"너, 눈 좀 보자. 이리 가까이 와 봐."

잠시 날 노려보더니 고함 교수가 손가락을 까닥거렸다.

"왜, 왜요?"

"왜긴? 내가 눈을 보면 꿰뚫어 볼 수 있거든, 진실인지 구라인지."

내가 머뭇거리자 고함 교수가 내 팔을 잡아당겼다.

"……젠장, 모르겠다."

한참 동안 내 눈동자를 살펴더니 고함 교수가 고개를 가로저었다.

"어휴, 정말이라니깐요."

"아무튼, 네가 제이든에게 구라를 쳤든 협박을 했든간에 일은 잘 풀린 것 같으니까 잘된 거지. 그거면 됐다."

"맞습니다. 모로 가도 서울만 가면 되는 거니까요."

"웃지 마, 정들어! 하여간 이상한 놈이야 넌."

고함 교수가 목소리를 높였다.

"오해십니다. 그냥 우연의 일치일 뿐이죠. 세상에 기연도 있잖아요."

"그래, 있긴 하지. 근데 왜 기연은 너만 따라다니냐? 그거 너무 신기하지 않아?"

"제가 좀…… 한 우연 합니다."

"됐고, 배고프다. 순댓국이나 한 그릇 하러 가자. 너, 식전 이지?"

"네, 저도 배고픕니다."

"그래, 일단 먹자. 먹고 죽은 귀신은 때깔도 곱다더라. 일단 밥부터 먹고 어떻게 할지 고민해 보자고."

"네."

그렇게 우린 트리플 X라는 신약을 10년 앞당겨 쓸 수 있게 되었다.

💓

그리고 시작된 항암 치료.

트리플 X의 효과는 뛰어났다. 일반적인 세포독성 항암제에 비해 부작용은 현저히 적었고, 태아에게도 피해를 최소화할 수 있었다.

하지만 문제는 예상치 못한 곳에서 터지고 말았다.

산부인과 구해준 교수 연구실.

산부인과 구해준 교수가 급히 고함 교수를 호출했다.

"구 교수, 진혜숙 환자에게 조기 출산 기미가 있다고?"

"조기 출산이 문제가 아니야. 처음엔 좀 성장이 더딘가 했는데, 아예 아이가 자라질 않아. 이거 봐 봐."

구해준 교수가 모니터를 돌려 진혜숙의 초음파 사진을 내보였다.

"뭐, 뭐야, 이게? 이게 가능한 건가?"

"그래, 자네가 본 대로야. 이건 뭐, 엄지공주도 아니고 태아 몸무게가 3백 그램 남짓에 키가 29센티야. 어른 손바닥만 하다고."

구해준 교수가 미간을 잔뜩 찌푸렸다.

"지금 30주잖아?"

"내 말이…….."

"그럼 이걸 어떻게 해야 되는 거야?"

"그걸 몰라서 물어? 출산하는 게 문제가 아냐, 이 정도면 태어나도 문제야. 살리기가 힘들다고."

"젠장! 이게 무슨!"

목부터 벌게지기 시작하는 고함 교수였다.

"더 심각한 건, 다른 장기들도 아직 제자리를 못 잡긴 했지만, 폐는 더 심해. 레스피어토리 디스트레스 신드롬(신생아 호흡곤란증)에 브롱코 펄머너리(기관지 폐 이형성증)까지 보인다고. 총체적 난국이야. 태어나도 호흡이나 제대로 할 수 있을지 장담할 수가 없어."

"결국, 항암 치료 때문인가?"

"전혀 아니라곤 할 수 없지만, 꼭 그런 건 아니고 유전적인 요인이 큰 것 같아. 좀 더 알아봐야 하겠지만."

"그래서? 어떻게 한다는 건데, 이제 와서?"

"뭐가 그래서야? 조기 출산을 고려해야 할 때야. 아니면 아이를 포기하든가. 물론, 가족들이 입을 상실감까지 생각한다면 포기하는 게 맞아."

"포기? 그건 배추 셀 때나 쓰는 단어야. 그러려고 했으면 여기까지 오지도 않았어."

"이봐, 고함 교수! 이게 우긴다고 될 일이 아니잖아?"

"됐고! 조기 출산하면 가능성은 있는 거야?"

"99%!"

"휴우, 다행이네. 우리나라 산부인과 실력이 언제 그 정도가 된 거야? 게다가, 구 교수라면 우리나라 톱 5에 들지 않는가? 99%라면서 뭔 엄살을 그렇게 떨어?"

"쯧쯧쯧, 아무리 무식한 칼잡이라고 하지만 이 정도로 무식할 줄이야. 99%는 아이가 죽는다고, 이 사람아!"

구해준 교수가 한심하다는 듯이 혀를 찼다.

"뭐, 뭐라고? 지금 뭐라고 씨불이는 거야?? 아이가 뭐 어쩌고 저째?"

고함 교수가 못마땅하다는 듯이 버럭거렸다.

"이봐, 칼잡이! 아무리 망나니처럼 칼만 휘두른다지만, 가끔 메디슨이나 메디컬 포인트 같은 데 좀 들어가서 논문 좀 읽어라. 상황 파악이 안 돼도 너무 안 되네."

"시끄러! 가르치려 들지 말고 빨리 말해! 왜 안 되는 건지."

고함 교수의 얼굴이 흙빛으로 변했다.

"하여간 성질하곤. 보통 전 세계적으로 4백 그램 이하로 태어나는 초미숙아의 경우 생존한 케이스가 거의 없어."

"……."

"고로 이 아이가 만약에 태어나서 생존한다면, 기네스북에 오를 만한 사건이라는 거지. 기네스북에 오른다는 말이 뭘 의미하는 줄은 알지?"

"그, 그 정도야?"

"당연하지. 미국 캘리포니아 주립대에서 이 아이 같은 초미숙아들의 통계를 잡고 있는데, 이 정도면 상위권(?)에 속한다는 거지. 아마, 수술을 해서 세상 빛을 본다 해도 이후는 장담하기 힘들어."

"……."

"게다가, 임부가 항암 치료를 하면서 면역력도 급격히 떨어져 있거든. 나, 솔직히 자신 없다. 포기하는 게 나아."

"그게 무슨 개소리야? 자네 지난번에도 초미숙아로 태어난 아이 살려 냈잖아?"

"그랬지. 하지만 그땐 임부도 건강했고, 태아 상태도 최소한 이 정도는 아니었어. 총체적 난국이야. 지금은 결정을 내려야 할 시기인 거 같아."

구해준 교수가 심각한 표정을 지었다.

"무슨 결정?"

"뭐긴, 말해 뭘 해, 임부라도 살려야지."

"지랄한다. 그게 산부인과 의사 입에서 나올 소리야?"

"아니, 이 사람아, 그게 억지를 부린다고 될 일이 아니잖아?"

"됐고! 어떻게든 난 임부를 살릴 테니까, 넌 아이를 살려. 그럼 공평하잖아?"

"그게 무슨 무논리냐??"

"난 100% 임부 살릴 자신 있거든. 그러니까 넌 그 1%를 100%로 만들면 되는 거야. 이게 뭐가 이상해? 산수 못해?"

"하아, 학교 때도 개또라이더니, 넌 어떻게 지금도 똑같냐?"

구해준 교수가 어이없다는 듯이 의자에 비스듬히 앉았다.

"그래서? 또라이인 나보다 네가 해부학을 잘했냐, 실습 점

수가 높았냐? 하다못해 미팅을 나가서도 내가 너보다 인기
가 많았거든!"

"……하여간 저 무데뽀!"

"군소리하지 말고, 어떻게든 아이 살릴 궁리나 해. 동시에
수술할 거니까."

"뭐, 뭐라고? 동시에 수술한다고?"

동시 수술이란 말에 구해준 교수의 동공이 부풀어 올랐다.

"그래, 임부도 폐 고혈압이 높아서 마냥 항암에만 의존할
순 없을 것 같아. 한번 해 보자, 해준아! 내가 언제 이렇게 부
탁하던?"

"후우, 정말 그렇게 해야겠냐?"

"야…… 솔직히, 왕 교수만 미국으로 안 갔어도 너한테
오지도 않았어. 솔직히 왕 교수가 우리 병원 산부인과 톱
아냐?"

여우 같은 곰, 고함 교수가 은근히 구해준 교수의 자존심
에 스크래치를 냈다.

"뭐? 왕 교수가 톱이라고?"

"아니야? 지난번에 아이젠멩거증후군 환자도 왕 교수가
살려 냈잖아? 이건 팩트야!"

"미쳤구나, 너! 내가 톱이야. 어디다가 왕 교수 따위를 가
지고 비벼?"

구해준 교수가 얼굴이 벌게지도록 목청을 높였다.

"그래그래, 그러니까 하자, 응?"

"그건, 왕 교수가 운이 좋았지."

"맞아! 그러니까 넌 실력으로 보여 줘. 게다가 네가 날 잘 모르나 본데, 내가 조직학 시험에서 열 개 찍어 열 개 다 맞은 놈이야. 몰라?"

"하아, 자랑이다, 진짜."

"하자고! 우리 둘 다 살려 보자, 친구야."

고함 교수가 온갖 애교를 다 떨며 구해준 교수를 설득했다.

"……문제 생기면? 그 책임은 누가 지고?"

"책임?"

"그래, 책임!"

"이 아이가 미숙아로 태어난 것에 대한 책임이 있나?"

"그게 무슨 말이야?"

"이 아이가 이렇게 태어날 수밖에 없는 건 아이의 책임이 아니지만, 만약에 이 아이가 죽는다면 그건 너를 비롯한 내 책임이 되는 거야."

"……."

"오늘 책임을 피할 수 있다고 해서 내일의 책임도 피할 거라는 착각은 하지 마."

"하여간, 주둥이는 청산유수네."

"우린 의사 가운을 입는 동안은 숙명적으로 의사가 된 책임을 져야 하는 거야. 그 책임은 환자를 살리는 거고. 그게 바로 우리의 운명이야."

"하아, 하여간 이 새끼, 묘한 설득력이 있다니까? 학원 다니냐? 어디서 그런 사탕발림을 배워 왔냐?"

"인간아! 내가 한 말이 아니라 톨스토이가 한 말이야. 그러니까 책 좀 읽고 교양 좀 쌓아라, 이 무식한 놈아."

"하아……."

구해준 교수는 허탈한 듯 한숨만 내뱉을 뿐이었다.

"한번 해 보자. 보니깐 816만분의 1이라던 로또 당첨자도 일주일에 열 명은 나오더라. 완전히 불가능한 건 아니잖냐?"

고함 교수가 구해준 교수의 가운을 잡고 흔들었다.

"비유할 걸 비유해라."

"인마, 나 예전에 야구장 가서 추첨으로 손목시계도 타 온 놈이야. 진짜 내가 운빨이 좀 받거든?"

"하아, 좋아! 까짓것 해 보자. 340그램짜리 아기도 받아 봤는데, 못 할 것도 없지. 이참에 기록 경신 한번 해 보지, 뭐!"

"잘 생각했다. 정말 잘 생각했어. 이번에 고국대 윤 교수도 잡아 보자."

"윤정팔이를?"

"그래, 인마. 윤정팔이가 너보다 유명하잖아?"

"하아, 미치겠네! 누가 그래? 윤정팔이 그 새끼 내 밑이었어! 어디서 윤정팔 같은 놈과 나를 비교해?"

구해준 교수가 옷소매를 돌돌 말아 올렸다.

"정팔이가 대중적으로 유명하긴 하잖아? TV에도 자주 나오고? 그 뭐냐, 아침마당인가 거기도 나오더만."

고함 교수가 구해준의 자존심에 또 한 번 스크래치를 내기 시작했다.

왕 교수를 이용해 확답을 받아 낸 고함은 이번엔 고국대 윤 교수를 들이대고 있었다. 다시 한번 구해준을 자극해 수술에 최선을 다하게 만들려는 것이다.

"그러니까 그 새끼가 돈으로 처바른 거 아냐? 온갖 정치질에 방송국 PD들한테 뒷돈 대 주면서! 존심 상하게 윤정팔 그 새낀 왜 들먹여? 돌팔이 같은 장사꾼을."

윤정팔이란 말에 구해준 교수가 게거품을 물며 발끈하며 나섰다.

"후후후, 그래. 나도 그렇게 생각해. 그러니깐 이번 기회에 정팔이가 깝죽거리지 못하게 완전히 밟아 버리자는 거지. 이 정도면 기자들한테 특종감일걸. 구해준, 오케이?"

"오케바리! 해 보자고!"

구해준 교수가 두 주먹을 불끈 쥐었다.

♥

그리고 보름 후.

트리플 X를 이용한 표적 항암 치료로 인해 진혜숙의 암 덩어리는 눈에 띄게 작아졌고, 림프관이나 다른 조직에 전이가 되지 않아 수술이 가능하게 됐다.

따라서 폐 수술은 큰 문제가 되지 않았다.

하지만 문제는 진혜숙의 배 속에 있는 아이.

보름이 더 지났어도 아이는 여전히 자라지 않았고, 심장, 간, 위 등은 물론, 폐까지 성장이 더뎌 수술 말고는 답이 없는 상황이었다.

결국, 흉부외과와 산부인과의 협업 수술 말고는 답이 없는 상황이었다.

흉부외과 고함 교수, 산부인과 구해준 교수를 비롯해 30여 명의 스태프들이 한자리에 모였다.

소세포암과 몸무게가 3백 그램 남짓한 초미숙아를 제왕절개를 해서 꺼내야 하는 상황.

집도의 고함 교수, 구해준 교수는 물론이고, 보조의들조차도 전부 베테랑급이었다.

흉부외과 쪽은 이기석 교수, 산부인과도 마찬가지로 최재국 교수가 조수석에 서 있었다.

그만큼 협진 수술은 교수들의 노련한 협업이 중요했다.

게다가 초미숙아가 태어날 경우, 폐포가 완전히 발달되지 않아 자가 호흡을 할 수 없다.

따라서 신생아 중환자실로 옮겨 곧바로 집중적인 치료를

필요로 했다.

수술실에는 구해준 교수와 최재국 교수가, 신생아중환자실엔 역시 조정석 교수가 스탠바이 하고 있었다.

그렇게 모든 준비는 끝이 났고, 이제 수술만이 남은 상황.

먼저 고함 교수의 집도로 소세포암 종양 제거 수술부터 하기로 시작했다.

팡, 팡팡, 팡팡팡.

긴장감이 감도는 수술실, 조명이 켜지자 대낮처럼 밝아졌다.

"……김윤찬 선생?"

전신마취, 바이탈 체크 등등 수술 준비가 완벽하게 갖춰지자 고함 교수가 내 이름을 불렀다.

"네, 교수님."

"혹시 아들이나 딸이 있나?"

뜬금없는 질문.

"네?"

"뭐야? 뭘 그렇게 놀라? 있어, 없어?"

"어, 없습니다."

"어라? 없으면 없는 거지 얼굴은 왜 빨개지고 그래? 어디다 하나 숨겨 놓은 거 아냐?"

"그럴 리가요. 저 아직 총각입니다!"

"인마, 총각이면 아이 없으리란 법 있어? 기생오라비같이 생겨서 어디 하나 숨겨 놨을 것 같은데 말이야."

"아닙니다, 그런 거 없습니다."

하하하하.

그 순간, 한겨울에 주차장에 세워 둔 자동차 보닛 같은 수술방 분위기가 누그러드는 듯했다.

"……조영은 간호사!"

이번엔 구해준 교수가 바통을 이어받았다.

"네, 교수님."

"준우 잘 크나?"

준우는 조영은 간호사의 아들이었다.

"네네, 개구쟁이긴 하지만요. 얼마 전에 놀다가 넘어져서 다리가 부러졌어요."

"저런! 애들은 다 그러면서 크는 거야. 그나저나 내가 실없는 질문 하나 하지."

"네."

"준우가 세상에 나온 날, 기분이 어땠나?"

"……."

조영은 간호사가 아무 말도 하지 않았다.

"별 느낌이 없었나? 그냥, 못된 남편 닮은 핏덩이가 내 옆에 누워 있는 기분이었나?"

하하하하!

또 한 번 터지는 웃음소리. 구해준 교수 역시, 고함 교수와 같은 의도였으리라.

"지금처럼 아무 말도 할 수 없었어요. 준우가 내 옆에서 꼼지락거리는데, 그냥 가슴이 벅차올랐습니다. 그 어떤 말로도 형용할 수 없는 그런……."

"그래, 바로 그거야. 지금 베드 위에 누워 있는 진혜숙 환자에게도 그 감동을 안겨 주자고. 우리 한번 최선을 다해 보자."

"네!"

구해준 교수가 두 주먹을 불끈 쥐자 스태프들이 입술을 굳게 다물었다.

"……자! 고함 교수, 어디 소문만 무성한 최고의 흉부외과 칼잡이의 면모를 보여 줘 봐. 내가 두 눈 똑바로 뜨고 지켜볼 테니까."

"후후후, 괜히 놀라지나 말아. 오늘 이후부터는 구 교수가 날 형님이라고 불러야 할 테니까."

"형님 아니라 할아버지라고 부를 테니까 실력이나 발휘하셔. 이제 시작하지?"

"……그럼 실력 발휘 한번 해 볼까? 김은영 간호사, 메스!"

"네, 교수님."

김은영 간호사가 고함 교수의 손에 메스를 얹어 주면서 본

격적인 수술이 시작되었다.

♥

　28시간 후.
　28시간의 대혈투, 전장에서 전투를 치른 병사들처럼 몸은 천근만근이었지만, 교수들 이하 모든 스태프의 눈동자는 살아 있었다.
　아니, 그들의 눈동자엔 승리의 기쁨이 어려 있었다. 그들은 치열한 전투의 승리자들이었다.
　지이이잉.
　수술실의 녹색등이 꺼지고 고함 교수와 구해준 교수가 나란히 모습을 드러냈다. 마치 승전고를 울리는 개선장군처럼 말이다.
　"우, 우리 며늘아기는 괜찮습니까?"
　교수들의 모습이 보이자 제일 먼저 조정식이 득달같이 달려왔다.
　얼마나 오랜 시간을 가슴 졸이며 기다렸을까? 28시간이 28년 같은 느낌이었으리라.
　"아, 아내는요?"
　얼마나 초조하게 기다렸는지 조동찬이 바짝 마른 입술에 침을 둘렀다.

"수술은 잘 끝났습니다. 환자분은 중환자실로 이동해 추후 경과를 지켜본 후에, 이상이 없으면 회복실로 옮길 예정입니다."

"저, 정말입니까? 우리 며느리 아무 문제 없어예?"

신발 한 짝이 벗겨졌을 만큼 초조했던 김양자였다.

"네, 수술은 아주 성공적입니다. 가족분들이 신경 써 준 덕분입니다."

"감사합니데이. 아이고, 이제야 숨통이 트이는 것 같습니더."

허허허, 그때서야 시원하게 웃음을 터트리는 조정식이었다.

"쑥쑥이는 좀 더 경과를 지켜봐야 해서 신생아중환자실로 이동했습니다. 아이를 만나기까진 좀 더 시간이 걸릴 것 같으니, 조금만 참아 주십시오."

"네?"

"뭐라꼬예? 지금 쑥, 쑥쑥이라고 했습니껴?"

전혀 예상치 못한 구해준 교수의 말에, 가족들은 서로 얼굴만 쳐다볼 뿐 어리둥절해했다.

"그렇습니다. 아직 폐포가 발달되지 않아 자가 호흡이 불가능해 기관지 내로 폐 표면활성제를 투여했습니다. 다행히 심장이 뛰기 시작했고, 무사히 잘 출산했습니다."

"······무, 무사히 잘 출산했다꼬예? 그, 그 거짓말이 아니고, 참말입니꺼?"

"네, 위험한 고비는 넘겼으나, 아직은 인공호흡기에 의존해야 합니다. 하지만 곧 자가 호흡을 할 수 있을 겁니다. 너무 걱정 마십시오."

"자, 잠깐만! 교, 교수님! 그러니까 우리 쑥쑥이가 살았다는 말입니꺼?"

조정식이 상기된 표정으로 물었다.

"네, 그렇습니다. 무사히 잘 태어나 주었습니다."

"저, 정말입니까?"

여전히 믿을 수 없다는 듯이 벌린 입을 닫지 못했다.

"네에, 조만간 손주를 보실 수 있을 겁니다."

"바, 봐라, 나 좀 꼬집어 봐라. 지금 교수님이 우리 쑥쑥이가 살았다고 한 거 맞제? 어이? 설마, 설마 했는데, 김윤찬 선생님 말씀대로 우리 쑥쑥이가 세상 빛을 보네예. 세상에, 어찌 이런 일이!!"

"김윤찬 선생이요?? 김윤찬 선생이 뭘요?"

고함 교수가 고개를 갸웃거렸다.

"아, 아무것도 아입니더. 그런 게 있고만요."

조정식이 연신 손을 내저었다.

"아, 네."

"교수님! 수고하셨습니다! 정말 수고하셨습니다."

옆에 있던 조동찬 역시 연신 허리를 굽혀 인사했다.

"아이고! 천지신명이 우리를 도왔는갑네요. 세상에 이, 이런 일이 다 있네!"

감격에 겨운 김양자가 몸 둘 바를 몰라 했다.

"마, 만세! 동찬이 니는 뭐 하고 가만히 있노? 선상님한테 큰절이라로 올려라. 우리 쑥쑥이가 살았단다. 우리 7대 독자가!!"

"네네, 알았어요, 아버지!"

껄껄껄, 세상 모든 것을 가진 것처럼 조정식이 크게 웃었다.

"교수님, 절 받으시죠."

조정식이 냅다 엎드려 큰절을 하려 했다.

"아, 아니에요. 이러시면 곤란합니다. 어휴, 우린 그저 할 일을 했을 뿐입니다."

당황한 고함 교수와 구해준 교수가 조동찬의 팔을 끌어 올렸다.

"엉엉엉, 감사합니다. 정말 감사합니다!"

그 옆에서 부둥켜안고 오열하는 조정식과 김양자였다.

그렇게 전쟁과도 같은 수술이 끝난 2주 후.

진혜숙의 수술은 대성공이었고, 신생아중환자실로 옮긴

쑥쑥이도 놀라운 속도로 회복해 성장하고 있었다.

심한 장염이 생겨 정맥주사를 맞아야 했고, 폐포가 형성 발전하면서 폐 고혈압이 발생했고, 초미숙아 망막증 등의 갖가지 부작용이 발생했지만, 산부인과 의료진의 헌신적인 노력으로 무사히 넘길 수가 있었다.

이제 위험한 고비는 넘긴 상황. 이대로 인큐베이터 속에서 잘 자라 주기만을 고대할 뿐이었다.

쑥쑥이는 가족들은 물론, 모든 의료진의 사랑을 독차지했다.

2주 전에 태어난 이 아이는, 녀석의 태명처럼 우리 모두의 바람대로 쑥쑥 크고 있다.

빵빵, 빵빵빵.

그러던 어느 날, 수많은 트럭이 연희병원에 줄지어 들어왔다.

"저, 저건 뭐냐?"

그 모습에 이택진이 어리둥절한 표정을 지었다.

"글쎄? 나도 모르겠는데?"

"뭐긴, 사과 박스를 실은 트럭이지."

그렇게 중얼거리고 있는 사이, 뒤쪽에서 고함 교수의 목소리가 끼어들었다.

"네? 사과 박스요? 저게 다 사과란 말입니까?"

깜짝 놀란 이택진이 줄줄이 늘어선 트럭을 가리켰다.

"그래."

고함 교수가 팔짱을 낀 채, 입가에 흐뭇한 미소를 흘렸다.

"와, 이건 노량진 수산 시장도 아니고 우리 병원 망했습니까? 이제 사과 팔려고요?"

"……그래, 하도 병원이 적자가 나서 저거라도 갖다 팔려고 하니까, 이택진 선생이 팔아."

"……하아, 교수님! 농담을 그렇게 다큐로 받아들이시면……."

"진혜숙 환자 시아버님이 보내 주신 선물이야."

"아하! 그 상주 갑부요?"

"그래, 의사들은 물론이고 간호사, 사무직 직원에 경비실까지 하나도 빠짐없이 챙기셨더라."

"와! 확실히 갑부라 통이 크구나! 그러니까 진혜숙 환자랑 쑥쑥이 살려 줘서 고맙다는 뜻이군요?"

"아니, 그런 게 아니야."

"김윤찬, 그게 무슨 소리야, 그게 아니라니?"

"우리가 포기하지 않아서야."

"어휴, 말 빙빙 돌려서 하지 말고 직관적으로 말해. 나 머리 나쁜 거 알잖아?"

"그래, 너 머리 나쁘지. 내가 그걸 몰랐네?"

"이게 진짜!"

"어르신이 그러시더라. 사과를 재배하다 보면, 먹음직스럽고 값이 나가는 사과도 있지만, 작고 보잘것없어 상품성이 떨어지는 것도 있대."

"그거야 당연하지."

"그러면 보통은 그걸 버린대. 그동안 그렇게 애지중지 키워 왔던 자식 같은 사과인데도 말이야."

"……그래?"

이택진도 뭔가 눈치를 챈 듯 보였다.

"어, 돈이 안 된다는 이유로 너무 손쉽게 포기하고 말았다는 거지."

"……쑥쑥이처럼?"

"그래, 근데 우리 쑥쑥이 봐. 처음엔 손바닥만 하던 녀석이 이젠 제법 자랐잖아? 이제 곧 있으면, 산소호흡기도 뗄 것이고, 좀 더 지나면 아장아장 걸을 테니까."

"하아, 이거 괜히 짠해지는걸."

그때서야 이택진이 고개를 끄덕였다.

"생명의 소중함! 그리고 보잘것없는 핏덩어리를 포기하지 않은 교수님들에게 감사하단 의미로 사과를 보내시는 거래. 그래서 교수님도 기쁜 마음으로 허락한 거고."

"하하하, 그러고 보니 김윤찬이가 제법 짬이 찼구나, 이런 소리를 하는 걸 보니."

옆에서 가만히 듣고만 있던 고함 교수가 화통하게 웃었다.

"원래 김윤찬 선생이 애늙은이란 소리 좀 듣습니다. 교수님, 생긴 것도 저보다 10년은 늙어 보이잖아요, 저 인간!"

"아이고 교수님, 안녕하십니껴!"

그 순간, 조정식이 손에 큼지막한 사과 하나를 들고 나타났다.

"네네, 어르신도 잘 지내셨죠."

"하모예, 더도 말고 덜도 말고 요즘만 같으라 하이소. 아! 이거 하나 드셔 보이소. 우리 과수원에서 재배한 건데, 전부 유기농이라예, 유기농!"

쓱쓱쓱, 조정식이 바짓단에 사과를 문질거리더니 내밀었다.

"그래요? 한번 먹어 볼까요?"

"네네, 드셔 보이소. 맛이 기가 막힐 겁니다."

"네."

"캬~ 진짜, 엄청 다네요! 맛있어요."

와작, 고함 교수가 한 입 크게 베어 물더니, 감탄사를 연발했다.

그리고 며칠 후.

조정식 할아버지는 자신의 7대 독자 쑥쑥이를 보기 위해

다시 병원을 찾아왔다.

하늘공원.

난 그런 할아버지와 함께 하늘공원에 올라왔다.

"어르신, 기쁘시죠?"

"하모예, 시쳇말로 기분 째집니더. 우리 쑥쑥이 보고 싶어 이렇게 한달음에 달려오지 않았습니까?"

"그렇죠? 너무 귀엽더라고요. 제가 보기엔 어르신을 빼다 박은 것 같은데요?"

"허허허, 그렇습니껴?"

"네네. 엄마, 아빠보다 어르신을 더 많이 닮았어요."

"하하하, 그렇습니까?"

조정식의 얼굴에 웃음꽃이 활짝 펴 있었다.

"……쑥쑥이와 산모는 어르신이 살리신 겁니다."

"껄껄껄! 그게 무슨 말도 안 되는 소린교? 내가 뭐 한 게 있다꼬?"

"저를 움직이게 하셨으니까요."

"아이고, 그랬습니까?"

"네. 사실, 저도 확신이 없었거든요. 어르신이 해 주신 말을 듣고 나서야 용기를 얻었습니다."

"그게 다, 천지신명의 뜻이겠지요. 아무래도 전생에 선생님이 저한테 큰 신세를 졌나 봅니다. 그러니 지금 제가 이렇게 복을 받았겠지요."

"하하하, 맞습니다. 그런 것 같네요!"

"아이고, 댐배 맛이 달다, 달어!"

후우, 할아버지는 담배 연기를 맛있게 빨아들이더니 하늘을 향해 뿜어내며 지그시 눈을 감았다.

동네 편의점 알바

얼마 전, 하늘공원.

"……선상님, 나가 담배 하나 더 해도 될까요?"

축 처진 눈매, 슬퍼 보이는 눈동자를 가진 노인이었다.

"네, 그렇게 하십시오."

"고맙습니다. 그럼 선상님 앞에서 실례를 무릅쓰겠습니다."

"네, 편한 대로 하십시오."

틱틱, 라이터 불이 켜지지 않아 내가 도와주었다.

"감사합니다. 그나저나 우리 선상님도 어매가 있겠지요?"

후우, 조정식이 양 볼이 홀쭉해지도록 담배 연기를 깊게 빨아들였다.

"네, 그렇습니다."

"나도 어매가 있었지요."

"……."

"나가 우리 조 씨 집안의 5대 독자입니더. 동찬이 놈이 6대 독자고. 참말로 씨가 귀한 집안이었어요. 우리 어매가 이 꼬구매(정말로) 고상이란 고상은 다 했다카데요. 아들을 못나가."

그 시절엔 충분히 그럴 만한 상황이었다.

"아드님이 생겼으니 좋으셨겠네요."

"하모하모, 내가 생겼다고 올 할매가 온 동네 사람들을 불러다 놓고 잔치를 벌였다고 하대요. 소, 돼지 잡고 난리도 아니었어요."

"네에."

"그런데 말이요. 그게 한 5살쯤 돼서 보니, 우리 어매가 발목이 하나 없었는데, 그게 겁나 궁금합디다. 그래서 내가 물었재, 엄마는 왜 발목이 없냐고."

"……."

"어매가 뭐라 한 줄 압니까?"

"잘 모르습니다."

"어매는 로보트라고 하대요. 발목 하나는 떼었다 붙였다 하는. 그때 경성 화신백화점인가 하는 데 놀러 갔다 나가 로보트를 처음 봤재. 그게 얼마나 가꼬 싶었던지. 그런데 우리 어매 대답이 가관이요. 어매가 발목 하나는 공장에 보냈답디다. 고쳐서 다시 끼운다꼬…….”

하늘을 올려다보는 조정식 할아버지의 눈시울이 붉어졌다.

“……어리셨으니 그 말을 믿으셨겠군요.”

“하모, 난 우리 어매가 진짜 로보트라고 생각했제. 그 화신백화점에 진열되어 있는 것맹키로. 겁나게 멋지다고.”

당뇨가 있어 족부 괴사가 왔고, 제때 치료를 하지 못해 발목을 절단한 모양이군.

“……당뇨가 있으셨나 보군요.”

“역시 서울 의사 선상은 뭐가 달라도 달라요. 맞아요, 당뇨! 우리 어매가 당뇨가 있었어요.”

“…….”

“난중에 나가 그 사실을 알았제. 나 낳느라고 시커멓게 썩어 문드러져 가는 발목을 그냥 놔둔 거라고. 당시도 경성에 올라가면 수술은 할 수 있었제. 근데, 우리 할배, 할매는 물론이고 내 아버지마저도…….”

할아버지는 더 이상 말을 잇지 못했다.

“그러셨군요.”

이해할 수 있었다.

지금도 그런데 그 당시엔 어땠을까?

조정식 할아버지의 어머니는 당뇨를 심하게 앓고 있었고

그 합병증으로 발목이 썩어 들어가는 족부 괴사가 왔을 것.

발목을 잘라 내는 수술을 해야 하는 상황. 당시의 의술로는 마취를 하게 되면 태아에게 치명적이었을 것이다.

진혜숙 환자가 그랬듯, 조정식의 어머니도 아이를 선택했을 테고.

진혜숙이 폐 한쪽을 기꺼이 포기하듯 조정식의 어머니도 발목 하나쯤은 기꺼이 포기했겠지.

"……난중에 어매가 로봇이 아니라 발 병신인 걸 알고 난 후부터, 내는 엄마가 챙피했제. 핵교에 오는 것도 소풍에 따라오는 것도, 학교 파하고 어매가 보이면 삥 돌아갔제. 친구들도 절대 집으로 안 데리고 왔어요."

할아버지의 툭 튀어나온 광대에 눈물방울이 걸려 있었다.

이제는 모든 것을 이해할 수 있었다.

"난중에 이 모든 것이 나 때문이란 걸 알았어요. 어매가 돌아가시고 난 후에……."

"그런 일이 있었군요."

"선상님! 요즘 같은 세상에 대를 잇는 것이 뭔 대수요. 얼라 눈물만큼도 안 중요해요. 우리 며늘아가만 살려 주세요! 나가 돈이 겁나 많아요. 돈 걱정은 말고."

조정식 할아버지가 내 두 손을 꼭 쥐었다.

"네, 최선을 다하겠습니다."

"참말잉교?"

"네, 우리 교수님들은 이 분야에서 최고십니다. 전, 며느님…… 그리고 쑥쑥이도 살려 내 주실 거라 믿어요."

자칫, 실패했을 때는 대미지가 큰 발언이다. 아니, 만약의 사태를 대비해 의사로서 절대로 해서는 안 될 말이다.

하지만, 고함 교수와 구해준 교수라면 해낼 수 있을 것이다.

난, 최소한 이 순간만큼은 이분을 의사가 아닌, 사람으로 대하고 싶었다.

"참말로 고맙습…… 네? 방금 뭐라고 하셨습니까? 아, 아기라고요?"

연신 고개를 숙이던 조정식이 눈을 동그랗게 뜨며 물었다.

"네, 어르신, 며느님은 물론이고 태중에 있는 아이도 포기해서는 안 됩니다. 제가 할 수 있는 일은 아니지만, 구해준 교수님의 실력이라면 불가능한 것도 아닙니다."

"그, 그게 참말로 가능합니까? 그 교수님은 아이는 포기하라고 했는데……."

"그렇게 말씀하실 수밖에 없으셨을 겁니다. 네, 교수님 말씀대로 확률이 높지는 않습니다. 하지만 마지막까지 희망을 포기하지는 마십시오."

"……!"

"발목 하나가 없으신 어머님을 보며 할아버님이 가슴 아파하셨듯, 어르신 어머님도 발목을 잃지 않은 대신 어르신을 잃었다면 평생을 죄책감에 시달리셨을 겁니다. 며느님에게 그런 고통을 안겨 드릴 순 없지 않습니까?"

회귀 전, 기억을 더듬어 보면 분명 불가능한 건 아니었다. 분명히.

"그, 그러니까 참말로 가능하다는 소린교?"

"분명 확률이 높지는 않지만, 그렇다고 불가능한 건 아닙니다. 물론, 100% 장담할 순 없는 일입니다."

"하모요, 우리 며늘아가만 살려 주셔도 감지덕지지요."

끊어진 희망의 줄을 붙잡은 듯 할아버지는 잡고 있는 내 손을 놓지 않았다. 아니, 더욱더 꽉 쥐었다.

"저도 최선을 다해서 교수님들을 보좌하겠습니다. 그러니, 어르신도 희망을 가지십시오."

희망, 환자가 가지지 말아야 할 것이다. 희망이 꺾였을 때, 그 상실감은 감당하기 어려우니까.

"후우, 다만 무리하진 마이소. 우리 쑥쑥이도 세상 빛을 보면 좋겠지만, 최우선은 우리 며늘아가입니더. 아이는 두 번째입니더."

"네, 최선을 다하겠습니다. 그러니 어르신은 며느님이나 잘 설득해 주세요."

"하모하모, 그거야 당연한 거 아입니꺼. 그건 나가 알아서 할 테니까, 걱정 마이소."

"네. 다만, 제가 말씀드린 내용은 가족분들에게 오픈하지 말아 주십시오."

"하모예! 나가 입은 이렇게 촉새처럼 튀어나왔어도 입은 무겁습니데이. 쉿!"

조정식의 표정에 희망의 꽃이 피어나는 듯했다.

♥

고함 교수는 회진을 돌 때마다 환자의 손을 잡아 주었다.

그러면서 그는 항상 그렇게 말했다.

'괜찮아, 아무것도 아니야.'라고.

그게 무슨 의미가 있었을까?

의사의 입에 발린 한마디가 환자에게 얼마나 큰 힘이 될까?

그는 왜 그랬을까?

이해할 수 없었다.

그러면서 난 자문한다.

예전에 난, 단 한 번이라도 환자의 손을 잡아 준 적이 있었던가?

아니, 없었다. 단 한 번도.

이유는 간단했다.

환자에게 괜한 희망은 독이라고, 오히려 실패했을 때 돌아오는 상실감이 더 크다고 생각했으니까.

하지만 지금 난 그 생각이 틀렸음을 깨닫는다.

의사가 환자의 손을 잡아 주는 것.

그건……. 환자에게 헛된 희망을 주는 것이 아니다.

의사는 언제나 환자 곁에 있음을 의미한다는 것. 바로 그것이었다.

전신마취를 하고, 그 무엇 하나도 기억하지 못하는 그 순간에도 의사는 포기하지 않고 환자 곁에 있다는 것을…….

그렇게 조금씩 내가 변해 가고 있을 즈음, 어느덧 레지던트 4년 차가 마무리되는 겨울이 찾아왔다.

동네 편의점.

야근을 마치고 집으로 돌아갈 즈음이면 시원한 맥주 한 잔이 땡겼고, 그럴 때면 난 언제나 동네 편의점을 들렀다.

"형님, 어서 오세요."

지금은 새벽 2시, 늦은 시간임에도 불구하고 이곳, 편의점에서 아르바이트를 하는 박동수의 표정은 밝았다.

싹싹한 성격의 박동수.

자주 편의점을 들락거리다 보니 친해져 이제는 호형호제하는 사이가 되었다.

박동수는 소설가가 꿈인 국문과 대학생이었다. 가정 형편이 여의치 않아, 학업과 일을 병행하는 착실한 녀석이었다.

지금도 계산대 옆에 책을 펼쳐 놓고 틈틈이 공부를 하고 있는 모양이었다.

"어, 그래!"

"지금 퇴근하세요? 힘드시죠? 이거 드세요."

딸각, 녀석이 기다렸다는 듯이 자양 강장제 하나를 까서 내게 건넸다.

"……이거 공금횡령 아니냐?"

"에이, 무슨! 점장님이 피곤할 때 하나씩 마시라고 사 주셨어요."

"그럼 너나 마시지?"

"아뇨, 전 이상하게 카페인 들어 있는 음료를 마시면 가슴이 벌렁거려서 못 마시겠더라고요."

"……그래? 어떻게 벌렁거리는데?"

제 버릇 남 못 준다고, 가슴이 벌렁거린다는 말에 신경이 쓰였다.

"괜찮아요. 느낌 탓이겠죠."

"아니야, 혹시 무슨 문제가 있을 수도 있으니까……. 음, 혹시 맥박 체크하는 방법 아니?"

"맥박 체크요?"

"그래."

"어떻게 하는 건데요?"

"음, 지금부터 며칠간 같은 시간대에 맥박을 체크해 봐. 15초 정도 체크한 후에 곱하기 4를 하면 돼. 그거 기록해서 나중에 나한테 보여 줄래?"

"네, 뭐. 그렇게 할게요. 근데 저 겁나 건강해요. 돈은 없지만 체력 하나만큼은 타고났거든요. 저, 감기 한번 걸린 적도 없어요."

녀석이 양어깨에 잔뜩 힘을 주었다.

"건강은 그렇게 자신하는 게 아니야. 아무튼, 꼭 체크해서 나한테 알려 줘."

"알았어요! 확실히 의사 선생님을 형님으로 모시니까 이런 호사를 다 누리네요. 그죠?"

"됐고. 건강은 절대 과신하면 안 되는 거야. 젊다고 병마가 피해 가지는 않아. 요즘 보니 안색이 좀 안 좋아 보이는 것 같다."

"뭐, 기말고사다, 뭐다 잠을 잘 못 자서 그래요. 좀 쉬면 나아질 겁니다. 쉴 틈이 없어서 문제긴 하지만."

녀석이 해맑게 웃으며 뒷머리를 긁적거렸다.

"그래도 좀 쉬는 게 좋은 것 같은데……."

띠리리링.

그 순간, 박동수의 핸드폰 벨 소리가 울렸다.

"아휴, 깜짝이야! 심장 떨어지는 줄 알았네. 형님, 저 잠시만요, 친구한테 전화가 와서. 무음으로 해 놨는데 왜 벨 소리가 울리지?"

휴우, 가슴을 쓸어내리던 박동수가 중얼거리며 전화를 받았다.

카페인에 민감하게 반응하고 죄지은 것도 없는데, 핸드폰 벨 소리에 저토록 가슴이 뛴다?

분명, 뭔가 문제가 있는 건데…….

"형님, 죄송해요. 친군데, 기말고사 시험 범위를 모르겠다고 해서요."

"그나저나 겨우 벨 소리에 그렇게 놀라?"

"아…… 그게 이상하게 알람 소리나 핸드폰 벨 소리에 깜짝깜짝 놀랄 때가 있어요. 그래서 벨 소리도 무음으로 해 놓는데, 오늘은 설정을 안 했나 봐요."

"자주 놀라는 편이야?"

"네네. 근데 그게 우리 집안의 내력인 것 같아요. 아버지도 그런 편이었거든요."

"그래……? 혹시, 아버님이 심장이 안 좋으시니?"

"뭐, 딱히 그러시진 않았어요. 심장병 때문에 치료받으신 적은 없으니까요."

"그렇구나. 혹시 모르니까, 다음에 아버님도 병원에 한번 모시고 와라."

"……그러고 싶긴 한데, 지금 안 계세요."

"아, 외국이라도 나가신 건가?"

"아뇨, 저기요."

동수가 고개를 들어 천장을 가리켰다. 이미 돌아가신 모양이었다.

"아…… . 미안해, 난 그런 줄도 모르고."

"괜찮아요. 이미 오래전 일인데요."

"혹시, 실례가 안 된다면 어떻게 돌아가셨는지 물어봐도 될까?"

"음, 그게…… . 갑자기 돌아가셨어요."

"갑자기?"

"네, 평소에 술을 좋아하셨는데, 하루는 약주를 과하게 하시고 들어오셨더라고요."

"……."

"평소 같으면, 저 붙들고 앉아서 옛날얘기, 어머니랑 만난 얘기, 당신이 베트남에 파병 가셨던 얘기, 뭐 그런 얘기 하시면서 술을 깨셨는데, 그날은 피곤하시다면서 일찍 주무셨어요."

"그랬구나."

"오늘은 오랜만에 베트남 파병 동기분을 만나서서 기분이 좋다고 하시면서 주무셨는데…… 아침에 일어나 보니……."

울컥했는지 동수가 말끝을 잇지 못했다.

음주 후, 갑작스러운 급사?

"흐음, 그랬구나."

"네, 참 세상 법 없어도 사실 양반이었는데. 평생 고생만 하시다 그렇게 허무하게 돌아가셨어요."

흐음, 어느덧 동수의 눈이 붉어지는 듯했다.

"……좋은 곳으로 가셨을 거야."

"네네, 저도 그렇게 생각해요."

금세 밝은 표정을 짓는 동수였다.

"그나저나 동수야."

"네?"

동수가 전화벨 소리에도 깜짝 놀라는 것과 아버지가 급사한 것이 완전히 무관하다고 보기 힘들다.

어쩌면 유전적인 원인이 있을지도 몰라!

"너, 혹시 실신한 적 있니?"

"네? 실신이요? 기절 같은 거 말씀하시는 건가요?"

"그래, 그런 적 있냐고?"

난 좀 더 녀석의 증세를 살펴봐야겠다고 생각했다.

"음…… 없는……. 아! 전에 한번 생일 때 친구들이랑 술을 좀 마셨는데, 새벽에 일어나 소변 보려다가 잠깐 정신을 잃은 적이 있었어요."

"그래?"

"넘어져 팔을 좀 다쳐서 병원에 갔는데, 의사 선생님이 그, 뭐더라? 배, 배뇨 어쩌고 하시던데요?"

"배뇨 실신?"

"네네, 맞아요, 배뇨 실신! 그게 소변이 방광을 압박해서 갑자기 혈압이 떨어지는 현상이라고 하더라고요. 별거 아니니까 걱정 말라고."

그거야 진짜 배뇨 실신일 경우에나 그렇지!

"안 되겠다. 너, 내일 당장 우리 병원으로 와."

"네? 형님 병원에요?"

"그래, 인마. 와서 몇 가지 검사만 좀 하자. 시간 되지?"

"하아, 내일 기말고사 끝나면, 잠깐 시간이 날 것 같기는 한데……."

"잔소리 말고, 꼭 병원에 들러. 알았지?"

아무래도 느낌이 별로 좋지 않았다.

"네, 형님. 그럴게요."

하지만 그다음 날에도, 그 다음다음 날에도 동수는 우리 병원을 찾아오지 않았다.

물론, 편의점도 마찬가지였다.

난 더 이상 기다릴 수 없어 편의점을 찾아갔더니, 편의점 주인이 계산대 앞에 서 있었다.

"아저씨, 혹시 동수 학생 편의점 관둔 겁니까?"

"아뇨아뇨! 동수가 몸살이 나서 좀 쉬겠다고 해서 그러라고 했습니다. 아마 오늘부터는 나올……."

따릉, 그 순간 동수가 문을 열고 들어왔다.

"어? 형님??"

나를 보자마자 동수가 깜짝 놀란 표정을 지었다.

환하게 웃는 모습이 여느 때 녀석의 표정과 다를 바가 없었다.

휴우, 노파심이었나?

"어, 그래. 동수야, 어떻게 된 거야?"

안색을 살펴보니 평소와는 확실히 달랐다. 며칠 사이에 수척해진 얼굴이었다.

"며칠 몸살이 나서요."

"인마, 그러니까 내가 병원으로 오라고 했잖아?"

"……괜히 형님한테 민폐를 끼칠 수는 없죠. 감기 몸살 정도로 무슨요. 약 먹으니깐 괜찮아졌어요."

"하여간, 너도 참! 이리 팔 내놔 봐. 맥박 좀 확인해 보게."

"어……. 형님! 사장님이랑 교대해야 하는데."

"동수야, 아니야. 선생님 말씀대로 해. 내가 봐도 너 안색이 너무 안 좋아."

의학에 지식이 없는 편의점 사장이 봐도 동수의 안색은 좋지 않았다.

"쓸데없는 소리 말고 빨리 팔…….."

삐리삐리삐리밤! 부앙!

그 순간, 폭주족 오토바이 몇 대가 경적을 울리며 지나가는 것이 아닌가?

"어휴, 저놈의 새끼들! 저러다가 사고 한번 크게 치지!"

쯧쯧쯧, 편의점 주인이 혀를 차며 손가락질을 했다.

"그, 그러게요. 저, 저도 너무 놀랐……."

하악하악.

그 순간 동수의 얼굴이 백지장처럼 변하더니, 거친 숨을 몰아쉬기 시작했다.

"동수야, 왜 그래?"

허억허억.

순식간의 동수의 상태가 나빠졌다. 조금 전보다 숨은 더 가빠졌으며 창백해진 얼굴엔 식은땀이 흘렀다.

"형님, 저, 저 숨을 못 쉴 것 같아요. 목이 막 굳는 것 같아요!"

하악하악, 동수가 자신의 목을 부여잡으며 바닥에 쓰러졌다.

"아저씨, 동수 좀 바로 눕혀 주세요."

"아, 알았어요."

아저씨와 난 서둘러 동수를 편안하게 눕혔다.

"앗! 뜨거!"

맥박을 재기 위해 동수의 팔목을 잡아 보니, 마치 불에 달군 철근을 잡은 듯 뜨거웠다.

"네?? 뜨겁다고요?"

"아, 아닙니다. 아무것도."

그렇게 다시 15초간 동수의 맥박을 확인한 결과!

맥박이 엄청 빠르다.

타키카디아(발작성 빈맥).

아리쓰미어(부정맥)에 의한 발작성 빈맥이 생긴 것 같았다.

젠장, 그때 멱살이라도 잡고 끌고 왔어야 했는데…….

–형님, 전 핸드폰 알람 소리만 들어도 깜짝깜짝 놀라요. 그래서 항상 무음으로 해 놓는데…….

난 얼마 전에 동수가 했던 말을 떠올렸다.

핸드폰 알람 소리에도 민감하게 반응하는 동수.

방금 전, 오토바이 경적 소리에 갑자기 쓰러졌다.

그렇다면?

지금 이 순간, 머릿속을 스쳐 지나가는 것.

스르륵, 심장학 324페이지가 머릿속에 펼쳐져 있었다.

그리고 매직아이처럼 떠오른 단어 위에 형광펜이 덧칠해져 있었다.

Long QT syndrome!

유전적인 요인 또는 약물로 인해 가볍게는 실신부터 급사에 이르는 질병이었다.

일반적으로 심장은 심장을 뛰게 하기 위해서 재충전을 해야 하는데, 보통 사람들은 그 재충전 시간이 짧아 큰 문제가 없다.

하지만 Long QT syndrome 환자는 재충전 시간이 일반인에 비해 상대적으로 늦어, 그걸 보충하기 위해 맥박이 빨라질 수밖에 없다.

예를 들어 지하수가 풍부하면 한 번의 펌프질로도 충분한 물을 끌어 올릴 수 있으나, 수량이 적으면 그만큼의 물을 끌어 올리기 위해 펌프질의 횟수를 늘릴 수밖에 없는 것처럼 말이다.

이것이 동수의 맥박이 200을 넘어가고 있는 이유였다.

즉, VF(벤트리큘러 피브릴레이션)이 온 상황이다.

"아저씨, 혹시 제세동기 있습니까?"

"아, 아니, 그런 건 없는데요?"

하악하악, 동수의 숨소리가 약해지면서 점점 의식이 소실되어 가고 있었다.

후욱후욱.

난 곧바로 손바닥에 깍지를 끼고 심폐소생술을 시작했다.

하나, 둘, 후욱후욱.

"아저씨! 지금 당장 119에 신고…… 아니에요. 혹시 차 있으세요?"

"네네! 주차장에 주차해 뒀는데요?"

"지금 당장 이쪽으로 가지고 오세요. 우리 병원이 가까우니까 바로 움직여야 할 것 같아요. 빨리요!"

"네네, 알았습니다."

후욱후욱.

수차례 심폐소생술을 실시하고 나니 미세하게나마 심장이 움직이기 시작하는 듯했다.

"차 가지고 왔어요."

그때, 편의점 주인이 황급히 봉고차 한 대를 몰고 왔다.

드르륵, 그가 문을 열고 대기하고 있었다.

"바로 연희병원으로 갑시다. 동수가 심상치 않으니까 빨리 가야 해요."

"네네, 알았어요! 최대로 밟아 보겠습니다."

"아저씨, 혹시 핸드폰 있습니까?"

젠장, 너무 급히 나오는 바람에 핸드폰을 편의점에 두고 온 모양이었다. 아무리 찾아봐도 핸드폰이 보이지 않았다.

"네네, 여기 있어요."

띠띠띠띠.

난 곧바로 당직을 서고 있는 이택진에게 전화를 걸었다.

ㅡ어, 김윤찬 치프 선생께서 무슨 일이신가? 혹시, 내가 못 미더워서 감시라도 하시려는가, 친구?

"택진아! 지금 길게 설명할 시간 없으니까 나돌롤(베타 차단제) 좀 준비해 줘. 지금부터 10분 후면 환자 도착할 거야."

베타 차단제는 일반적으로 Long QT syndrome 환자에게 적용하는 약으로서, 외부 충격으로 인해 발생된 빈맥에 효과적인 약이었다.

－뭔 소리야? 지금 환자를 데리고 온다고? 우리 병원에?

"그래, 심폐소생술 해서 겨우, 심장 살려 놨어. Long QT syndrome 환자야. 급하니까 빨리!"

－뭐야? 심전도는 해 본 거야?

"아니, 해 보진 않았지만……. 아무튼 Long QT syndrome 환자가 틀림없어. 길게 설명할 시간 없대두!"

－뭔 소린지. 아무튼 알았어. 얼마나 걸린다고?

"지금부터 7분 후면 도착할 거야."

－이게 무슨 자다가 봉창 두드리는 소린지 모르겠군. 아무튼 알았어.

늦은 시간이라 다행히 차가 막히지 않아 최대한 빨리 병원에 도착할 수 있었다.

"이 환자야?"

이택진이 정문 앞에 스트레처 카를 가지고 마중 나와 있었다.

"그래, 빨리 옮기자."

"어."

잠시 후, 응급실.

동수를 응급실로 옮긴 후, 이택진이 미리 준비해 둔 베타 차단제를 투여했더니, 동수의 맥박이 정상으로 돌아왔다.

"여, 여기가 어딘가요?"

잠시 정신을 잃었던 동수, 정신을 차리더니 주변을 둘러보았다.

"우리 병원이야."

"형님, 제가 정신을 잃었던 건가요?"

자기가 정신을 잃었는지도 자각하지 못했던 모양이다.

"그래, 지금은 괜찮니?"

"네, 괜찮아요. 그나저나 사장님이랑 교대해야 하는데."

"……미쳤구나? 너, 심폐소생술을 해야 할 정도로 위험했다고! 그러니까 내가 당장 병원으로 오라고 했잖아!"

"하아, 괜찮아요. 가끔 이런 적도 있고……."

"죽고 싶어 환장했니? 너 화장실 같은 데서 갑자기 실신해 머리라도 다치면 어쩌려고 그래? 아니다. 그게 문제가 아니라 네 심장에 지금 문제가 있단 말이다."

"병원비 많이 들 텐데……."

"병원비 걱정은 마. 네가 워낙 성실해서 편의점 사장님이 도와주시기로 했으니까."

"아, 안 되는데."

"돼! 사장님이 아니더라도 병원비는 내가 알아서 할 테니까 신경 쓰지 마."

"안 그래도 되는데, 저 형님한테 신세 지고 싶지 않아요."

"됐거든! 여태 너한테 얻어먹은 자양 강장제가 몇 갠데? 그걸로 병원비랑 퉁치자. 어?"

"……그래도."

"그래도는 뭐가 그래도야? 이미 입원 수속 다 밟아 놨으니까, 그런 줄 알아."

"형님!"

"김윤찬! 나 잠깐 보자."

그 순간, 이택진이 날 보며 손가락을 까딱거렸다.

"동수야, 잠깐만."

"네, 다녀오세요."

난 동수의 양해를 구하고 커튼이 쳐진 칸막이 밖으로 나왔다.

"너, 인간 심전도냐?"

"왜?"

"저 환자 LQTS(Long QT증후군)가 맞아, 봐 봐."

이택진이 어이없다는 듯이 차트를 내밀었다.

QT 간격이 590ms!

일반적으로 심전도상에 QT 간격이 남자는 440ms, 여자는 460ms가 정상인 것으로 볼 때, 동수의 수치는 590ms였다.

대략 550ms 안팎이라면 심실 부정맥을 야기함으로 동수의 590ms란 수치는 굉장히 위험한 수준이었다.

"590ms면 엄청 높군."

"당연하지! 이 정도면 거의 시한폭탄급에 가까워. 전화벨 소리나, 초인종 소리에도 문제가 생길 정도니까."

"……그래, 네 말대로 시한폭탄이나 다름없지. 그 상황에 오토바이가 지나갔으니."

"분명 증후가 있었을 텐데 말이야. 보통 이런 경우에 TdP(염전성 심실 빈맥) 오지 않냐?"

염전성 심실 빈맥이란 부정맥의 일종으로, V-Tach이라고 심실빈맥, 즉 심장마비를 일으키는 주요 원인이었다.

"……."

"아마, 평소에 어지러움증이나 구토 같은 게 심했을 텐데?"

"아마도 그랬을 거야. 다만…… 아니다. 아무것도."

굳이 동수가 처한 환경을 설명할 필요는 없었다.

"그래, 아무튼 다시 물어보마. 심전도도 체크 안 하고 어떻게 저 환자가 LQTS인 걸 알았냐고? 이 비상식적인 인간아?"

"맥박을 확인해 보니, 타키카디아(발작성 빈맥)가 왔으니까. 게다가 동수가 가끔 실신을 한 적이 있다고 하더라고. 그래서 대충 때려 맞힌 거야."

"하여간, 너란 인간은 소 뒷걸음치다가도 쥐를 잡는 게 아니라, 사람을 살릴 인간이야. 그 상황에서 너 없었으면 어쩔 뻔했냐?"

"그러게 말이다. 아무튼, 고함 교수님께 말씀드려서 빨리 수술 날짜를 잡아야 할 것 같아."

"그러게. 아무래도 심장박동조율기 삽입술을 해야겠지?"

"아마도."

─김윤찬 선생, 내 방으로 와.

"네, 교수님."

그렇게 동수를 입원시킨 다음 날, 고함 교수가 자신의 방으로 나를 호출했다.

"박동수 환자 어떻게 치료하고 있지?"

"베타 차단제를 사용하고 있습니다."

"음, 박동수 환자의 경우는 충혈 완화제나 항생제 같은 것도 치명적일 수 있어. 알고 있지?"

"네, 그렇습니다. 최근에 몸살감기가 심해 일반 병원에서 항생제 처방을 받은 것 같습니다. 그게 심장 리듬을 깨트린 것 같아요. 음⋯⋯. 근본적인 치료를 위해서는 수술을 해야 할 것 같습니다."

"아무래도 ICD(Implantable cardioverter defibrillator, 삽입형 제세동기)

가 필요하겠지?"

"네, 맞습니다. 박동수 환자의 경우는 유전적인 요인이 크기 때문에, 약물 치료로는 한계가 있습니다."

"유전적인 원인이라……. 그걸 어떻게 판단할 수 있지? 아직 유전자 검사 전이잖나?"

고함 교수가 미간을 살짝 찌푸렸다.

"일단 후천적인 원인이라면, LQTS를 일으킬 만한 요소가 있어야 하는데, 박동수 환자의 경우는 복용하고 있는 약물이 전혀 없습니다."

"음, 계속해 봐."

"게다가 잦은 실신, 핸드폰 소리에도 깜짝 놀랄 정도로 심장 리듬에 균열이 왔고, 무엇보다 박동수 환자의 아버님이 심장마비로 돌아가신 것으로 볼 때, 유전적 요인이 작용한 것으로 생각됩니다. 특히, 심전도 파형이 일반 후천성 LQTS 환자와는 상이합니다."

"후후후, 웬만한 전문의 뺨치는군."

"아닙니다. 그저 책에서 배운 대로 체크했을 뿐입니다."

"됐고! 쓸데없이 겸손한 것도 예의가 아니야. 그거 잡아내려면 전문의 달고도 한참 걸리는 거야. 아무튼 박동수 환자가 유전성 LQTS 환자라는 걸 맥박 한 번 잡아 보고 알았다는 거잖아?"

"운이 좋았습니다."

"운이라고? 그게 의사가 할 소리야?"

"죄송합니다."

"죄송할 것도 많다. 그건 그렇고 너, 이와이 했나?"

이와이는 첫 집도를 일컫는 말이었다.

"실질적인 첫 집도는 못 했지만 수술은 해 본 적이 있습니다."

"……나도 알아, 네가 이미 집도한 경험이 있다는 건. 그러니까 공식적인 집도를 말하는 거지."

"그렇다면 아직입니다."

"잘됐네. 박동수 환자 ICD(제세동기) 삽입, 네가 해."

고함 교수가 의자에 앉아 몸을 뒤로 젖혔다.

"네??"

"뭘 그렇게 놀라? 대동맥 터진 환자도 수술했으면서?"

고함 교수가 대수롭지 않다는 듯이 입을 삐죽거렸다.

"그거야, 어쩔 수 없는 상황이었지만, 지금은 아니지 않습니까?"

"그래서? 못 하겠다는 건가?"

"그건 아니지만, 교수님도 계시고 이기석 교수님도 계시는데 제가 건방지게 어떻게……."

"김윤찬 선생, 원래 건방진 게 매력이잖아요?"

그 순간, 이기석 교수가 방으로 들어왔다.

"어? 교수님 안녕하세요."

"그래요. 박동수 환자, LQTS인 걸 알아낸 것도 당신이고, 응급조치도 당신이 했는데, 마무리도 김윤찬 선생이 해야 하는 것 아닌가요? 환자를 맡았으면 끝까지 책임을 져야지."

"아무리 그래도……."

물론 수십, 수백 번도 더 해 본 수술이기에 어려울 건 눈곱만큼도 없었다.

하지만 아직 내 신분상 압빼 수술(맹장 수술)도 아니고, ICD 삽입술이라면 무리가 있는 건 틀림없었다.

"괜찮아요. 내가 어시로 들어갈 테니까. 실력 발휘 한번 해 봐요. 뭐, 굳이 내가 어시를 설 필요도 없을 것 같긴 하지만."

"아니……."

"됐어! 솔직히 난 네가 집도하는 거 반대했는데, 이기석 교수가 하도 우겨서 허락하는 거야. 이번에 한번 믿고 맡겨 보라고 말이야."

"교수님이요?"

"그래요. 내가 김윤찬 선생의 실력을 한번 확인해 보고 싶어서 그랬어요. 내 눈으로 직접!"

이기석 교수가 검지와 중지를 들어 자신의 눈을 가리켰다.

"정말 제가 집도를 해도 되겠습니까?"

"이기석 교수가 괜찮다고 하잖아. 게다가 너 혼자 하는 것도 아니고. 그러니까 네가 해."

"네, 그러면 한번 해 보겠습니다."

"진즉에 그렇게 나왔어야지. 아무튼, 만약을 대비해 이기석 교수가 어시할 거니까, 맘 편히 먹고 집도해."

"네."

"좋아! 수술 잘 마치고 성공적인 이와이를 기념해서 내가 찐하게 한잔 사도록 하지."

하하하, 고함 교수가 특유의 걸걸한 목소리로 웃었다.

"김윤찬 선생, 나도 기대가 큽니다. 벌써부터 가슴이 두근거리는데요?"

"어휴! 교수님, 너무 부담 주지 마십시오."

"하하하, 그러니까 더 부담 주고 싶은데요?"

예전과는 확실히 온도 차가 느껴지는 그였다.

조금씩 나와 이기석 교수와의 거리가 좁혀지는 느낌이었다.

❤

며칠 후, 흉부외과 당직실.

"너, 내일 박동수 환자 ICD 삽입술 한다면서?"

"어, 벌써 네 귀에까지 들어갔냐?"

"내가 우리 병원 통신원이라고 했냐, 안 했냐? 모든 정보는 나, 이택진에게로 통한다! 몰라?"

"하여간, 대단하다, 대단해."

"그건 그렇고 고함 교수님은 널 뭘 믿고 그걸 시킨 걸까?"

녀석이 부러움 반, 질투 반이 섞인 표정을 지었다.

"그러게……. 아무튼, 이기석 교수님이 같이 들어가 주신다니 큰 문제는 없을 것 같아."

"그러니까, 그게 얼척없다는 거지. 그 까칠한 이기석 교수가 레지던트 나부랭이 어시를 선다는 게 말이 되냐고? 무슨 우리가 알 수 없는 음모 아냐?"

이택진이 고개를 갸우뚱거렸다.

"하여간 넌 뭐든지 음모냐? 중국에서 전염병이 유행했던 것도 음모고, 911 사태도 뭔가 모종의 음모가 있다며?"

"당연하지. 그게 말이 되냐? 어떤 미친놈이 비행기 몰고 자폭을 해? 이건 다……."

"쓸데없는 소리 말고, 윤영순 환자 잘 관찰해야 해. 스텐트 시술을 받았어도 스텐트 주변에 혈전이 다시 생길 수도 있으니까."

"나도 알아, 인마. 나도 매뉴얼대로 움직이는 정도는 할 줄 안다고."

"니트로글리세린(혈관확장제) 투여하는 거 잊지 말고."

"야, 안다고, 알아! 그런 거 신경 쓰지 말고 내일 수술이나 잘해, 인마. 자 이거나 받아."

녀석이 주머니에서 주섬주섬 무언가 꺼내 주었다.

"뭐야?"

"뭐긴 뭐야, 메스지."

"그니까 웬 메스냐고?"

"내일 수술 잘하라고 주는 거야. 아, 내가 주는 게 아니고 우리 엄마가."

"어머니가?"

"그래, 인마! 엄마가 덕촌 성지에서 직접 공수한 성수까지 뿌린 메스야. 너, 수술 잘하라고."

"아…… 고마워. 어머님께 전화드려야겠네."

"그거야, 당연하지. 우리 엄마가 당신 배 속으로 난 나보다 널 좋아하는 거 알지?"

"……그럴 리가."

"맞아. 너 첫 집도 한다고 하니까, 아주 입이 귀에 걸리시더라. 당신 아들은 아직도 빌빌거리고 있는데."

쩝, 조금은 서운한지 이택진이 입을 삐죽거렸다.

"고마워, 택진아."

"너, 목소리 졸라 느끼한 거 알아? 닭살 돋는 것 같으니까 목소리 깔지 마라. 어?"

"그래, 인마. 너도 이와이 할 때, 나도 선물할게."

"당연하지. 그럼 안 하려고 했냐? 아무튼, 잘해라. 너, 우리 같은 타 학교 출신들에겐 유일한 희망이란 거 잊지 마. 동기들도 후배들도 전부 널 의지하고 있다는 거 알지?"

"……."

"너 혼자만의 문제가 아닌 거야. 네가 실패하면 우리도 실패하는 거니까, 내 말 명심해라."

"그래, 최선을 다하 마."

"최선 가지고는 안 돼. 결과를 보여 줘. 마트에 구색 맞추려고 싸게 떼 온 상품이 아니란 걸 증명해. 꼭!"

"그래, 잘할게. 믿어 줘라."

"암! 당연히 잘해야지. 넌 더 이상 너 혼자가 아니니까."

이택진이 양어깨를 움켜쥐었다.

"박동수 환자 금식시키고, 일단 아스피린 중단시키는 거 알지?"

"걱정 붙들어 매셔. 다, 김윤찬 선생이 수술 잘하실 수 있도록 준비해 뒀으니까."

"고맙다, 신경 써 줘서."

"그래, 내일 수술이니까, 눈이라도 좀 붙여 둬. 좋은 꿈 꾸고. 나, 중환자실 내려간다?"

툭툭, 이택진이 내 어깨를 두드려 주었다.

드디어 내일이면 정식으로 머리를 올리는 건가?

택진이 말대로 난, 모든 이의 희망이다.

날 위해서도 그들을 위해서도 두 번 다시 실수하지 않는다.

다시는 택진이가 날 붙들고 억울해 눈물 흘리는 일은 없게
할 거야.

반드시!

반드시 난 성공한다.

박동수 병실.

그렇게 이택진과 헤어진 후, 난 박동수의 병실을 찾았다.

녀석도 나만큼 걱정이 되는지, 이리 뒤척 저리 뒤척이며
잠을 이루지 못하고 있었다.

"컨디션 괜찮아?"

"어, 형님!"

박동수가 나를 보더니 자리에서 일어났다.

"그냥 누워 있어."

"네."

"가슴 두근거리는 건 좀 어때?"

"많이 좋아졌어요."

"그래, 베타 차단제라고 심장박동 수를 조절하는 약을 투
여해서 큰 문제는 없을 거야. 맘 편히 생각하고 푹 자 둬."

"……고마워요, 형님. 수술비도 만만치 않을 텐데."

"됐거든. 자양 강장젯값이라고 했지?"

"아무리 그래도."

"걱정 마. 우리 병원이랑 제휴되어 있는 복지 단체에서 지원해 주기로 한 거니까. 큰 부담 안 가져도 돼."

"네에, 정말 고맙습니다. 그나저나, 형님! 저희 아버지도 저와 같은 병을 앓고 계셨던 걸까요?"

"……음, 아마도 그럴 거라 본다."

"큰 병원에서 검사받고 미리 수술했으면, 아버지가 그렇게 허무하게 돌아가시지 않았겠죠?"

박동수의 눈두덩이가 붉게 물들었다.

"……"

"그러니 너라도 치료를 잘 받아야지. 이 녀석아, 그러니까 내가 당장 병원으로 오라고……. 아니다. 지금 와서 그게 다 무슨 소용이야."

"죄송해요. 전 그런 병이 있는 줄도 몰랐어요. 그냥, 열 나고 구토가 심해서 몸살이 난 줄 알았어요."

"항생제는 너한테는 치명적일 수 있어. 앞으로도 항생제는 조심해야 해."

"형님!"

"어, 말해."

"저, 살고 싶어요. 아버지 몫까지 다 합해서요."

"……손금 한번 보자."

난 뜬금없이 녀석의 오른손을 잡아당겼다.

"손금 볼 줄 아세요?"

"어디 보자! 생명선이 선명하고 깊이 파인 걸로 볼 때, 한 백 살은 기본이고 옵션 더하면……."

"고맙습니다, 형님! 열심히 살게요. 형님의 은혜는 평생 잊지 않겠습니다."

흑흑흑, 마침내 동수가 그동안 참아 왔던 눈물을 쏟아 버리고 말았다.

"당연하지. 내가 아주 이자까지 쳐서 다 받아 낼 거니까, 반드시 성공해라."

"네네, 열심히 노력하겠습니다!"

"아, 맞다! 너 소설가가 꿈이라고 하지 않았냐?"

"네네, 작가가 꿈이에요."

"그래? 음……. 나중에 말이야, 한 10년쯤 시간이 흐르면, 종이책보다 웹에서 책을 읽는 게 더 인기가 있을 거야."

"아! 맞아요, 앞으로 전자책 시장이 엄청 성장할 거라고 하더라고요."

"후후후, 그래. 그러면 말이다. 이런 소설 한번 써 봐."

"어떤 소설요?"

"소설의 결말을 알고 있는 주인공이 소설 속의 조연이나 엑스트라 같은 인물에 빙의하는 소설!"

"와! 그거 신박한데요? 그러니까, 소설의 모든 내용을 알고 있는 주인공이 그 소설 속으로 들어간다. 뭐, 이런 컨셉인가요?"

"그렇지! 재밌을 거 같지 않니?"

"네네, 정말 재밌을 것 같아요! 적어 둬야지!"

녀석이 펜과 노트를 꺼내더니 내가 말한 내용을 적기 시작
했다.

그래! 나중에 유명 작가가 돼서 재미난 글 많이 쓰도록
해.

내가 도와줄 테니까.

♥

한상훈 교수실.

"이 교수, 앉아요."

심기가 불편한 듯 한상훈 교수의 표정이 좋지 않았다.

"네."

"생각보다 한국 음식이 입에 맞나 봐?"

한상훈 교수가 돌려 까듯 말을 비틀었다.

"저도 한국 사람이니까요. 음식이 입에 안 맞을 리가 없
죠."

"다행이군. 그래도 이 교수처럼 국제적인 사람은 본토에
서 실력을 발휘해야 하는 것 아닌가?"

"그런가요? 한국이 의료계의 변방이라는 소리로 들리는

군요?"

"뭐, 꼭 그렇다는 건 아니고."

"밖에 있을 때는 몰랐는데, 들어와서 보니 우리나라의 의학 수준도 상당하더군요. 특히나, 의료진의 열정은 최고 수준인 듯합니다. 많이 배우고 있어요."

"그래? 다행이군. 그나저나 이 교수, 김윤찬이 머리를 올려 준다고?"

결국, 그 얘기를 하고 싶었던 모양이었다.

"네, 그렇습니다."

"게다가 IDC를 한단 말이지?"

"네, 그렇습니다."

한상훈 교수의 질문에 이기석 교수가 무표정한 얼굴로 짧게 답했다.

"그거 무리 아니야?"

"일반적으로 레지던트 4년 차 입장에선 그렇다고 할 수 있죠."

"김윤찬이 4년 차 아니었던가?"

"맞습니다, 4년 차."

"그런데 왜 그런 어리석은 결정을 내린 거지? 환자 잘못되면 어쩌려고 그래?"

걱정이라기보다는 뭔가 못마땅한 표정이었다.

"혹여나 잘못되지 말라고 김윤찬에게 맡기려는 겁니다."

"그건 또 무슨 궤변인가? 경험도 일천한 레지던트한테 수술을 맡기는 게 환자를 위하는 일이란 말인가?"

"김윤찬 선생이 경험은 일천할지 모르지만, 실력은 문제 없다는 것이 제 판단입니다. 충분히 잘하리라 생각합니다."

"그건 이 교수 생각이고."

언제부터 한상훈 교수가 이기석 교수에게 토를 달았던가?

그리고 저 냉소적인 표정은 뭐지?

확실히 지난번 사건으로 인해, 조금은 느슨해진 한상훈 교수의 태도였다.

"……한상훈 교수님, 어릴 때 형이랑 같이 놀 때도 항상 제 생각이 중요했던 걸로 아는데요? 아니었던가요? 하다못해 말뚝박기를 해도 내 허락을 받았던 것 같은데?"

이기석 교수가 날카롭게 한상훈을 응시했다. 그 차가운 눈길은 여전했다.

"하아, 그때 얘기를 왜 꺼내나?"

한상훈이 불편한 기색을 숨기지 않았다.

"그때도 이기석은 이기석이고 한상훈은 한상훈입니다. 변한 건 세월뿐, 다른 건 아무것도 없습니다."

"아이고, 내가 그랬던가? 아무튼, 이 교수가 어시를 하겠다고 했다면서?"

한상훈 교수가 민망했던지 화제를 바꾸려 했다.

"네, 그게 문제가 됩니까?"

"당연히 문제가 되지. 우리 병원은 위계질서를 중시하는 곳이야. 특히, 흉부외과는 더 그렇고. 교수가 레지던트 나부랭이 어시를 선다는 건 모양새가 좋지 않아."

"미국에선 그런 건 중요하지 않습니다."

"……여긴, 대한민국이야. 우리 속담에 절이 싫으면 중이 떠난다는 말이 있다네."

원래 이기석 교수가 편치 않았던 한상훈 교수. 가뜩이나 상전을 모시는 것 같아 불편했는데, 그런 사람이 김윤찬 편에 선다 하니, 한상훈 교수 입장에선 무척이나 신경 쓰이는 일이었으리라.

미국으로 돌아가는 것이 어떻겠냐는 무언의 암시였다.

"후후후, 미국 속담에 'Scratch my back and I will scratch yours.'란 말이 있죠."

"뭐? 그게 무슨 뜻이야?"

"내 등을 긁어 주면 내가 네 등을 긁어 주겠다는 정도로 해석이 되겠군요?"

"내가 그걸 묻는 게 아니잖아? 그 말을 하는 이유가 뭐지?"

"전 신세 지고는 못 사는 성격입니다. 오는 정이 있으면, 가는 정이 있어야 하는 것 아닙니까? 등을 긁어 줬더니, 상대 등에다 칼 꽂는 건 좀 아니죠."

이기석 교수가 몇 년 전, 김윤찬이 한상훈 교수 대신 수술했던 케이스를 은연중에 상기시켰다.

"재밌군."

목 밑에서부터 붉은 기운이 올라왔지만 이내 자제력을 발휘하는 한상훈 교수였다.

"……형, 우리 사람 가죽 뒤집어쓰고 괴물처럼 살진 말죠?"

"괴물이 뭐가 어때서? 여기는 지옥이야. 약육강식의 세계란 뜻이지. 먹지 못하면 먹히는 것이란 걸 명심해. 괴물은 최소한 인간한테 먹히진 않아."

"그렇게 김윤찬 선생이 두렵습니까?"

"천만에. 거슬릴 뿐이지. 한때, 내 편이 될 수 있을 거란 착각을 했던 것이 내 불찰이라고 할까?"

"……그래서요?"

"잡초들은 일찌감치 뽑아 두는 게 좋아. 이놈들은 끈질겨서 초반에 밟아 놓지 않으면 제멋대로거든. 나중엔 기고만장해져서 자기들이 논바닥의 주인인 줄 알더라고."

'잡초들?'

결국, 이기석도 김윤찬의 편에 서면 잡초 취급 하겠다는 무언의 협박이었으리라.

"잡초인지, 벼인지는 자라 봐야 아는 거겠죠."

"……냄새 가지고는 파악이 안 된다는 건가? 결국 똥을 찍어 먹어 볼 생각이군."

한상훈 교수가 한심하다는 듯이 고개를 내저었다.

"그래야 한다면 그렇게 해야겠죠."

"아무튼 조심하는 게 좋아. 김윤찬이가 나름 쓸 만한 손을 가지고 있긴 하다만, 쉽지 않은 수술이야."

"맞습니다. 실력! 그래서 맡기는 겁니다. 환자를 놓고 사사로운 감정 따위는 없습니다. 그랬다면 김윤찬의 손에 쥐여 준 메스는 살인 도구가 되겠죠."

"글쎄. 난 후자에 가까울 거라 보는데?"

"그렇게 생각하시는 건 교수님의 자유십니다."

"끝까지 불구덩이로 들어가시겠다는 건가?"

"그건 제가 판단합니다."

"물론, 그 점이 맘에 걸려 이 교수가 수술방에 들어가는 거겠지만. 말은 그렇게 했지만 옆에서 감시를 해야겠지."

"착각은 자유라지만, 이분 잘못 짚어도 한참 잘못 짚었네?"

이기석 교수가 한쪽 입꼬리를 말아 올렸다.

"뭐?"

"나, 말 그대로 어시 들어가는 겁니다. 조수 모르십니까? 제1조수로서 집도의를 충실히 보좌하겠다는 겁니다. 역할에 대해서 다시 설명드릴까요?"

'개뿔! 누가 누굴 감시한다는 거야?'

쾅, 이기석 교수가 문을 박차고 나왔다.

수술 당일, 스크럽대.

쏴~.

발로 레버를 누르자 물이 쏟아져 나왔다.

"떨리나요?"

그 순간, 이기석 교수가 내 옆으로 왔다.

"조금요. 그나저나 교수님, 말 낮추셔도 됩니다."

"그래요. 내가 편해지면 그렇게 할게요."

"네에, 조금 떨리긴 하지만, 교수님이 옆에 계시니 위안이
됩니다."

"이럴 때, 한국에선 '헐!'이라고 한다면서요?"

"네? 그게 무슨 말씀이신지······."

"집도의 선생님! 전 그저 선생님을 곁에서 보조하는 어시
일 뿐입니다. 그게 무슨 말씀이십니까?"

"네??"

"전, 아무것도 몰라요. 오늘 전 집도의님의 수술을 눈으로
보고 느끼면서 배우려고 하거든요. 한 수 부탁드립니다."

이기석 교수가 고개를 숙여 인사했다.

"아이고, 교수님! 자꾸 이러시면 더 부담스럽습니다."

"당연히 부담스러워야죠. 집도의는 항상 양어깨에 부담을
지고 수술방에 들어가야 합니다. 부담 가지고 긴장하고 또

긴장해야죠. 환자의 생명이 달린 문제니까요."

"네, 명심하겠습니다!"

구구절절 맞는 말이다.

수술은 야구나 축구 같은 스포츠 경기가 아니다.

축구를 하다 보면 파울도 하고, 실수도 하고 완벽한 찬스에서 똥 볼을 차기도 한다.

하지만 스포츠니까.

실수는 언제든 만회할 수 있으니까 괜찮다.

게임 내내 삼진만 당하던 4번 타자가 결정적인 순간에 한 방 치면 스타가 되는 것처럼.

그래서 스포츠는 그래도 괜찮다.

하지만 수술은 아니지 않은가?

단 한 번의 실수에 사람의 생명이 걸려 있다.

그래서 완벽해야 한다.

이기석 교수의 말대로 부담을 가져야 한다. 긴장하고 또 긴장해야 한다.

메스는 힘 빼고 휘두르는 야구 배트가 아니니까.

♥

제4수술실.

수술은 어렵지 않았지만, 레지던트 4년 차가 집도의 자리에 앉으려니 확실히 부담이 되는 것만큼은 틀림없었다.

"시작할까요?"

"수면 마취 하겠습니다."

"네, 선생님."

이종은 간호사가 상지정맥에 수면 마취제가 담긴 수액을 주삿바늘을 통해 투여했다.

이제 환자는 깊은 잠에 빠질 것이고 그러면 수술이 시작될 것이다.

"엑스레이 촬영 시작합시다."

마취가 끝난 후, 다음 프로세스는 엑스선을 촬영하면서 심장 안의 변화를 살펴봐야 했다.

수술대 왼쪽에 설치된 엑스레이 촬영 모니터가 켜졌다.

엑스레이 촬영을 지시하는 나를 보며 이기석 교수가 제법이라는 듯 흐뭇한 미소를 지었다.

"굿! 잘하는데요? 많이 해 본 사람처럼 능숙하군요?"

이기석 교수가 옆에서 추임새를 넣어 주며 격려해 주었다.

"감사합니다."

그리고 다음은 메스를 들고 피부를 절개하는 과정이었다.

슥슥슥.

이기석 교수가 어깨와 가슴, 겨드랑이 부위를 베타딘으로 깔끔하게 소독해 주었다.

보통 때라면 당연히 내가 할 일을 말이다.

"이제 시작하시죠."

이기석 교수가 눈짓을 보내며 고개를 끄덕였다.

제세동기를 삽입하기 위해서 피부는 대략 3센티에서 4센티 정도를 절개해야 했다.

"절개하겠습니다."

난 이택진이 선물한 메스를 오른손에 쥐었다.

"어? 손잡이가 특이하네요?"

이기석 교수가 금장이 되어 있는 메스 손잡이를 가리켰다.

"네, 택진 선생이 오늘 저 첫 집도 한다고 선물해 줬습니다."

"와우! 그런 것도 있군요? 미국은 절대 그런 거 없는데."

"한국 특유의 문화죠. 우린 항상 그렇게 합니다."

"오! 이런 건 참 좋습니다."

"네, 그렇습니다."

그렇게 짧은 대화 끝에 시작한 피부 절개.

보통 첫 메스를 잡는 레지던트의 손은 사시나무 떨리듯 떨리기 마련. 비록 난이도 높은 수술은 아니나 피부를 3센티 절개하는 건, 쉬운 일은 아니었다.

게다가 죽어 있는 카데바도 아닌데 말이다.

하지만 난 조금의 망설임도 없었다. 난 베타딘이 도포된 매끈한 피부 위에 메스를 집어넣었다.

정확히 3.2센티!

어깨 부위에서 시작된 메스는 가슴 젖꼭지 인근까지 정확히 3.2센티 되는 부분에서 멈췄다.

"교과서네요? 자로 잰 듯합니다."

이기석 교수가 거즈를 들고 배어 나온 피를 닦아 내고 리차드슨(견인기)을 들고 절개된 조직을 벌려 주었다.

그야말로 어시스트의 표본이었다.

"너무 깊게 메스가 들어가면 흉터가 많이 남고, 너무 얕게 들어가면 제세동기 삽입 때, 상처가 날 수 있으니까요."

"후후후, 이거 어시도 필요 없겠는데요?"

이기석 교수가 만족스러운 미소를 지었다.

이제 피부 밑에 포켓(제세동기가 들어갈 주머니)을 만들고 그 안에 제세동기를 삽입한 후, 전극선과 연결만 하면 모든 수술 과정은 끝이 난다.

그만큼 제세동기 삽입은 이번 수술의 하이라이트였다.

"전극선 삽입합니다."

중요한 과정이었다. 쇄골하정맥을 천자해서 전극선을 삽입하게 된다.

자칫, 혈관이 좁을 경우 전극선을 삽입할 수 없을 수도 있었다.

"잠깐! 혈관 너무 좁은 거 아닙니까?"

아니나 다를까, 이기석 교수가 엑스레이 촬영을 주시하며 물었다.

확실히 전극선을 삽입할 박동수의 혈관은 좁았다.

"……좁지만 불가능한 건 아닙니다."

"가능하겠습니까? 좀 위험해 보이는데?"

우려의 목소리였다.

정밀하게 밀어 넣지 않으면 혈관에 손상을 입을 수도 있는 상황이었다.

이기석 교수라면 보통은 전극선 삽입을 포기할 상황이었다.

하지만 박동수의 증세로 볼 때, 언제 심실세동이 올지 모르는 상황, 이 정도의 리스크는 감수해야 했다.

"교수님, 한번 해 보겠습니다."

"괜찮겠어요?"

차라리 자신이 하는 게 낫지 않겠냐는 이기석 교수의 표정이었다.

"한번 맡기셨으면, 끝까지 맡겨 주시죠."

"……오케이! 제가 잠시 어시 신분인 걸 착각했군요. 좋습니다. 집도의께서 알아서 하시죠."

한마디 말에 이기석 교수가 쿨하게 뒤로 물러났다.

그리고 시작된 전극선 삽입!

혈관 벽을 다치지 않게 하면서 전극선을 삽입하는 건, 결코 쉬운 일은 아니었다.

꿀꺽!

침 넘기는 소리.

내 의견을 받아들여 뒤로 한발 물러나 있었지만, 이기석 교수도 조금은 긴장이 되는지 모니터에서 눈을 떼지 못했다.

보통 전극선은 두 개 정도가 들어간다. 하지만 지금의 한동수에겐 하나의 전극선이 더 필요한 상황이었다.

"이 교수님, 전극선 세 개 들어갑니다!"

"세 개라고요?"

뜻밖의 요구에 이기석 교수가 눈을 크게 떴다.

"네, 그렇습니다."

"혈관이 좁아서 세 개는 무리일 텐데? 게다가 아리쓰미어(부정맥)를 잡을 목적이라면 두 개면 충분하지 않나요?"

"······용도가 다릅니다."

"용도가 달라요??"

"전극선 하나는 심부전 치료를 위한 겁니다."

"심부전??"

이기석 교수가 빛과 같은 속도로 모니터를 올려다보았다.

"네, 박동수 환자는 좌심실 수축이 비정상적입니다."

"그래서요?"

"그렇다 보니, 양쪽 심실이 균형이 맞지 않아요. 그렇게 비대칭적으로 수축을 하다 보니, 심장이 구겨진 상태가 되어 버렸습니다. 전극선 하나를 더 삽입해 심부전을 완화하려고 합니다. 상태가 심하지 않아 전기 자극만 줘도 충분히 개선될 수 있을 것으로 판단됩니다."

"허허허, 저거 물건이네, 물건! 어떻게 생각해, 이 교수?"

옆에서 가만히 내 말을 듣고 있던 마취과 윤 교수가 '엄지척'을 했다.

"그러게요. 좀 당황스럽네요."

당황스럽긴!

내 실력을 테스트해 보려 했던 것 아닌가?

이미 전극선 세 개를 준비해 두지 않았던가?

이기석 교수 정도의 레벨이라면 심실 비대칭 정도를 못 잡아낼 일이 없었다.

"교수님, 계속하겠습니다."

"네? 아, 그래요. 혈관이 좁으니까 조심해야 할 겁니다."

"네, 옆에 교수님이 계시니 안심이 됩니다."

"후후후, 전 그저 어시라고 했을 텐데요?"

"그런가요. 그럼 시작하겠습니다."

전극선만 제대로 삽입하면 문제 될 것이 없는 수술이었다.

"저거 저거! 매끈하게 들어가는 것 봐!"

모니터를 지켜보던 윤 교수가 작은 탄식을 내뱉었다.

"……."

이기석 교수는 모니터에 시선을 고정한 채, 전극선이 혈관을 미끄러지듯 타고 내려가는 장면을 감상(?)하는 듯했다.

"다 들어갔습니다."

"완벽해! 아마 바늘귀에 실 꿰는 것보다 이게 더 어려웠을 텐데…… 김윤찬이 너, 오늘 이와이(첫 집도) 맞아?"

"네, 처음입니다."

"아놔, 미치겠네. 요즘 흉부외과 레지던트들은 다 이러냐? 짬 좀 찬 애들도 이 정도는 아닐걸. 아무튼, 밑에서 치고 올라오는 니들이 무섭다, 무서워!"

이제 절개된 피부 아래(포켓)에 원형의 제세동기를 삽입하고 봉합하면 끝.

수술 시간은 더도 말도 덜도 말고 1시간이면 충분했다.

교과서에 그렇게 적혀 있었으니까.

물론, 일반적인 레지던트라면 절개하는 데만 1시간이 걸렸겠지만.

"끝났습니다."

"제대로 잘 삽입된 것 같군."

"일단, 내일 엑스레이를 찍어 보고, 심장 내 전극선의 위치가 제대로 자리를 잡았나 확인해야 합니다. 잘못되었다면 위치 조정을 위한 재수술이 필요할 수도 있으니까요."

"……내가 봤을 땐, 그럴 일은 없을 것 같군."

이젠 할 말을 잃은 표정이었다.

이기석 교수가 약간은 상기된 표정으로 고개를 끄덕였다.

"다행입니다. 그럼 관례대로 마무리는 어시가 해 주시는 거죠?"

"어? 어어, 그래요. 수고했어요. 나가셔도 됩니다, 집도의
님!"

"어휴, 농담입니다, 교수님! 무슨 농담을 그렇게 찐하게
받아 주십니까? 제가 하겠습니다."

"아니야, 이왕 어시 서기로 했으면 끝까지 책임을 져야죠.
내가 하겠습니다. 봉합도 하고 해야 손가락 마디가 굳질 않
아요."

이기석 교수가 쿨하게 바늘과 실을 손에 쥐었다.

그렇게 1시간여 수술 시간이 마무리되었다.

"……이 교수, 저거 수련의 맞아? 최소 칼잡이 10년 차는
되는 것 같은데?"

모든 수술이 마무리되고 김윤찬이 수술실을 빠져나가자,
윤 교수가 이기석 교수의 어깨를 툭 건드렸다.

"……그러게요. 생각했던 것보다 좀 센데요?"

"그래, 나도 수술방 생활 15년이 다 되어 가는데 저런 괴
물은 처음 봐. 보통 첫 집도 하는 녀석들 보면, 제정신 아니
잖나? 그런데 그 와중에 심장 찌그러진 걸 잡아내는 게 말
이 돼?"

"……"

"그나저나 박동수 환자, 하트 페일리어(심부전) 초기라는 걸

원래 알고 있었던 거지?"

"네, 그래서 제가 어시로 들어왔던 겁니다. 물론, 김윤찬 선생의 실력을 두 눈으로 확인해 보려고 했던 게 첫 번째 이유긴 하지만요."

"음, 그랬군. 그렇다면 꽤나 놀랐겠어."

"네, 조금요."

"하여간, 인물은 인물이다. 잘 키워 봐. 얼핏 봐도 손이 장난 아니더라. 거침이 없어. 그 좁은 혈관에 전극선 집어 넣는 것 봐 봐. 내가 볼 땐 이 교수가 더 긴장한 것처럼 보이던걸."

"부끄럽군요."

"뭐, 그 정도는 아니고……. 젠장! 어쨌든 쟤 뭐냐?"

윤 교수가 허탈한 듯 두건을 벗어 내던져 버렸다.

다음 날, 박동수 병실.

엑스레이 촬영을 해 본 결과, 전극선은 잘 자리를 잡았으며, 제세동기와의 연결도 매끄러웠다.

이제 하루 정도 더 입원하면 퇴원할 수 있는 상황이었다.

"통증은 좀 있니? 뻐근하거나 쑤시면 진통제를 좀 먹어 두는 것이 좋아."

"아, 아니에요. 아무렇지 않아요."

"그래? 다행이네. 제세동기는 한 번씩 정기 검사를 해야 하니까, 퇴원하고 3개월 후에 외래로 오면 돼."

"형님, 정말 고맙습니다."

"고맙다는 말은 좀 일러. 너 심장에 좀 문제가 있는 것 같더라. 지속적으로 치료를 받아야 할 거야."

"……네."

"그래, 고생했다. 나, 간다."

"아! 형님!"

그 순간, 박동수가 내 걸음을 멈춰 세웠다.

"왜?"

"저, 지난번에 형님이 말씀하신 거 곰곰이 생각해 봤어요."

"뭘?"

"그거요, 소설 설정!"

"아, 그래?"

"이런 건, 어떨까요? '영화 속 엑스트라가 되었다'라고, 주인공이 영화 속으로 들어가는 건데, 극 초반에 잠깐 등장했다 사라지는 엑스트라로 빙의하는 거거든요."

"그래서?"

"그렇게 단순히 사라지지 않기 위해 고군분투하는 내용이죠. 주인공은 영화 결말을 알고 있으니까요. 어때요?"

영화 속 엑스트라가 되었다라……. 아이고, 박윤 작가는 망했네. 이 소설로 백억을 벌었다는 소리가 있던데…….

"괜찮은 것 같은데?"

"그쵸?"

"그렇긴 한데, 지금은 좀 아니고, 좀 더 전자책이 대중화 되면 써 보는 게 좋을 것 같네?"

"그런가요? 아직은 시기상조겠죠?"

"응, 지금은 트랜드에 맞지 않을 것 같아. 소설도 독자들 이 읽을 준비가 되어 있을 때 나와야 성공하지."

"네, 알았어요! 일단 킵해 놓겠습니다! 아, 그리고 저 필명 도 지었어요."

"뭔데?"

"박윤이요. 제 성인 박에 여자 친구 성인 윤을 붙여서 만든 필명이에요."

"뭐, 뭐라고??"

헐, 웹소설의 전설, 소설은 물론이고 웹툰, 드라마, 영화 까지 대박을 친 박윤 작가가 동수였다고?

♥

그리고 며칠 후.

심근병증 환자 수술을 마친 후, 우린 관례대로 청수옥으로 향했다.

수술 성공을 자축할 겸, 겸사겸사 내 첫 집도를 축하하는 조촐한 축하 파티였다.

병원 인근, 청수옥.

"이 교수, 이런 데는 처음이지?"

"음…… 꼭, 이런 데서 축하 파티를 해야 하는 겁니까?"

곰탕과 특수 부위 삶는 냄새가 진동하는 이곳.

우리야 더할 나위 없이 구수한 냄새지만, 미국 생활에 익숙한 이기석 교수에겐 충분히 역겨울 수 있었다.

이기석 교수가 코를 찡그리며 불편한 기색을 숨기지 않았다.

"이 사람아, 로마에 가면 로마 법을 따르라는 소리도 모르나? 우리 같은 칼잡이들은 이런 걸로 몸보신을 해야 해. 안 그래, 이택진이?"

"네네, 맞습니다. 피 뚝뚝 떨어지는 선지 맛을 좀 알아야 진정한 CS(흉부외과)인이죠!"

웩웩웩.

이택진의 선지 소리에 아직 익숙하지 않은 1년 차들이 헛구역질을 했다.

"짜식들! 지금이야 그렇지, 짬 좀 차 봐라. 환장하고 처먹을 거다."

쳇, 개구리 올챙이 시절 모른다고 이택진이 콧방귀를 뀌었다.

"그나저나 한상훈 교수는 오늘도 안 보이네? 어떻게 된 거야, 김윤찬 선생?"

"말씀은 드렸는데…… 선약이 있으시다고 참석이 곤란하시다고 합니다."

"또 야간 골프 치러 가나? 하여간 그 인간은 의사 말고 정치인이 됐어야 해. 어떻게 골프채를 메스보다 더 자주 잡나?"

쯧쯧쯧, 고함 교수가 한심하다는 듯이 혀를 찼다.

"……."

"그나저나, 한은정 선생!"

고함 교수가 한쪽 구석에 앉아 있던 한은정 선생을 가리켰다.

"네, 교수님."

"오늘은 장난 없는 거야."

그동안 절치부심한 고함 교수가 한은정 선생과의 대작을 준비한 모양이었다.

"……네! 전 항상 장난 없었습니다."

"그래? 좋아, 그럼 쏘맥으로 시작하지! 두 주전자 말아 와봐."

쓰읍, 고함 교수가 셔츠를 돌돌 말아 올리며 전의를 불태웠다.

"야, 윤찬아, 내기 걸래?"

그 순간, 이택진이 팔꿈치로 옆구리를 건드렸다.

"물론이지. 난, 이번엔 고함 교수님한테 건다!"

"진짜?"

"그래, 진짜. 고 교수님 최근에 완전히 내공 회복하셨거든. 이번엔 해 볼 만해."

"흐흐흐, 그래서 네가 호구라는 거다. 감히 은정 쌤한테, 도전을 해? 난 무조건 한은정 선생이야. 고함 교수님은 세 번째 주전자에서 기절한다에 10만 원 건다. 콜?"

"10만 원?"

"그래, 10만 원. 쫄리면 뒈지시든가?"

이택진이 눈을 게슴츠레 뜨며 입가에 비릿한 미소를 띠었다.

"······좋아! 콜."

그렇게 호기롭게 고한대전(고함 교수, 레지던트 한은정의 술내기)이 시작될 무렵.

드르륵.

김귀남이 내실 문을 열고 안으로 들어왔다.

"교수님, 저 왔습니다."

녀석이 들어오자마자 환하게 웃으며 고함 교수에게 인사했다.

"어? 김귀남 선생이 여길 웬일이야? 오늘 소아과도 회식하나?"

"아뇨, 절친이 첫 집도를 했는데, 제가 빠질 수가 없죠."

헤헤헤. 김귀남이 특유의 환한 미소를 지으며 자리에 앉았다.

"오! 그런가? 듣자 하니 소아과 에이스 소릴 듣는다면서?"

"아뇨. 뭐, 그냥 저냥요."

"이참에 우리 과로 전향하는 건 어때? 장 교수 말로는 손 쓰는 게 칼잡이과라고 하던데?"

"과찬이십니다."

"하하하, 아무튼 보기 좋군. 술은 좀 하나?"

"뭐, 못 마시는 편은 아닌데, 교수님과 대작할 정도는 아닙니다."

"오호! 그래? 그럼 너, 일로 와 봐."

"네, 교수님."

고함 교수의 호출에 김귀남이 냉큼 그의 곁으로 갔다.

"한은정 선생! 일단, 고한대전은 조금 있다 하자고. 이 녀석, 주량 좀 테스트해 보게. 어?"

"네, 교수님."

"일단 입가심부터 한잔하지."

콸콸콸, 고함 교수가 맥주컵에 소맥을 부어 김귀남에게 내밀었다.

"야, 뭐야? 상대가 바뀌었잖아?"

이택진이 눈을 깜박거렸다.

"그러게."

"그나저나 저 샌님이 술을 잘 마셨던가?"

"글쎄? 나도 잘 모르겠는데?"

"그래? 그럼 다시 내기해. 10만 원빵!"

"좋아, 난 귀남이한테 걸게."

"이 호구 새끼! 돈 좀 벌어 놨냐? 은행 가서 마이너스 통장이라도 만들어 놨나 보지?"

"그래."

"너, 진짜 귀남이한테 건다고?"

"물론이야."

"하아, 이렇게 친구 하나 골로 보내는구나."

"응."

"좋아, 난 고함 교수를 선택하겠어. 썩어도 준치라고 소아과 것들 따위에 명색이 고함 교수가 밀리겠냐? 10만 원빵이다? 장난 없다?"

"그래."

큭큭큭, 이 내기 무조건 내가 이긴다.

"교수님, 그냥 큰 잔으로 하죠?"

김귀남이 한쪽 입꼬리를 말아 올렸다.

"큰 잔? 맥주 글라스 말고?"

"네, 괜히 시간 오래 끌 것 없잖습니까?"

"그, 그래?"

"이모, 여기 대접 있으면 두 개만 갖다주세요!"

　김귀남이 문을 열더니 주인아주머니를 향해 손가락 두 개를 펼쳐 보였다.

귀한 집 아들

"돼, 됐어! 나, 더 이상은 못 해. 항복!"

우웩우웩, 고함 교수가 헛구역질을 하며 손사래를 쳤다.

"교수님, 전 아직 시작도 안 했는데요?"

반면에 김귀남은 얼굴만 좀 발그레해졌을 뿐, 멀쩡했다.

김귀남의 의외의 완승이었다.

"졌어, 졌다고! 너, 무슨 술 마시는 학원이라도 다녔냐? 너
네 소아과는 교수들부터 전부 샌님뿐이잖아? 회식도 고상하
게 샌드위치에 홍차라고 하지 않았나?"

꺼억, 고함 교수가 양손을 번쩍 들어 올렸다.

"ㅎㅎㅎ, 그거 다 옛날 얘기입니다. 이제 우리 소아과도
CS(흉부외과) 못지않아요!"

"아이고, 소아과고 나발이고, 난 더 이상은 못 마시겠다. 항복!"

"그럼 제가 흉부외과 접수한 겁니다?"

"그래, 그래. 네가 원이다."

"뭐야? 김귀남 저 샌님이 언제부터 이렇게 주당이었냐?"

그 모습에 제일 놀란 건 이택진이었다.

"능청 떨지 말고 10만 원이나 내놔라."

"하아, 너 저 새끼 주량 이미 알고 있었지? 그래 놓고 쌩깐 거잖아?"

"……그게 무슨 상관인데?"

"당연히 상관있지. 이건 엄연히 반칙이야. 그러니까 내기는 당연히 무효지."

"돈 주기 싫으면 싫다고 해라. 치사하게 무슨 핑계냐?"

"아니, 그게 아니고……."

"윤찬아, 택진아! 한잔하자."

어느샌가 김귀남이 소주병과 잔을 들고 우리 자리로 왔다.

이미 고함 교수는 장대한 선생의 등에 업혀 나간 지 오래였다.

"어서 와, 귀남아."

"택진아, 잔 받아."

"어? 어."

엉겁결에 잔을 받아 든 이택진이었다.

그리고 잠시 후, 이택진 역시 장렬하게 전사하고 말았다.

"……항복, 항복! 더는 못 마셔. 이건 뭐 주당계의 효도르냐? 일반인을 아주 골로 보내는구나."

우욱우욱, 이택진이 불룩 튀어나온 입을 틀어막으며 화장실로 냅다 튀었다.

술이라면 제법 먹을 줄 아는 이택진도 여지없이 김귀남에게 발려 버렸다.

"……윤찬아, 나 원래 술 체질인가 봐, 그치? 나도 내가 이렇게 알콜에 강한지 처음 알았다니까?"

김귀남이 발그레한 얼굴로 환하게 웃었다.

늦게 배운 도둑질이 밤새는 줄 모른다고 했던가?

나한테 술 잘 마시는 법 좀 알려 달라고 했던 때가 엊그제 같은데, 이제 제법 훌륭한 술꾼이 되어 있었다.

"맞아, 나도 신기해. 이젠 나하고 맞다이 놓고 마셔도 손색없겠는걸."

"글쎄다? 그런 의미에서 진검 승부 할까?"

"뭐, 도전한다면야, 기꺼이 상대해 주지."

콸콸콸, 김귀남이 맥주잔에 소주를 붓더니 내게 잔을 내밀었다.

"내 친구 김윤찬의 첫 집도를 진심으로 축하한다. 건배!"

"고맙다. 건배!"

그렇게 나와 김귀남은 게 눈 감추듯 소주 몇 병을 더 해치

웠고, 그제야 취기가 좀 오르기 시작했다.

"이봐, 윤찬 총각! 이것 좀 먹어 봐."

그 순간, 청수옥 아주머니가 접시에 먹음직스러운 돌게장을 들고 왔다.

"이게 뭐예요?"

"보면 몰라? 돌게장이지. 이거 우리 고향에서 잡은 싱싱한 놈으로 맹근 거니까 안주 삼아 맛이나 보라고 가져온 거야. 어디 가서 이런 거 절대 못 먹어."

"와! 이거 밥도둑이잖아요?? 이건 뭐, 맛없으려야 없을 수가 없죠."

김귀남이 돌게장을 보더니 입맛을 다셨다.

"저 총각이 뭘 좀 아는구먼."

"네네, 잘 먹겠습니다!"

"그나저나 총각 맞는 거지?"

"네? 저 남자 맞아요."

"그래그래, 자세히 보니까 남자가 맞네. 그나저나 어쩜 남자가 이렇게 예쁘게 생겼다냐?"

주인아주머니가 신기한 듯 귀남의 얼굴을 훑어 내렸다.

"제가요?"

"그렇다니까! 난 처음에 여자인 줄 알았다니까?"

"큭큭큭, 가끔 그런 소릴 듣긴 해요."

"윤찬 총각이랑 친구여?"

"네, 절친이에요."

"그렇구먼. 먹어 보고 맛나면 말혀. 집에 갈 때 좀 싸 줄 테니까."

"정말요?"

"그럼! 내가 예뻐서 특별히 싸 주는 거여. 게다가 윤찬 총각 친구라니까 더 이쁘구먼."

"감사합니다."

"호호호. 예쁘게 생긴 총각이 인사성도 바르구먼. 많이 먹어."

"네."

으드득, 으드득.

잠시 후, 김귀남은 돌게장을 허겁지겁 먹기 시작했다.

"윤찬이 넌 안 먹어?"

"……어? 어, 난 날것은 좀 비려서 별로."

"헐, 이 맛있는 걸!"

"난, 게장은 좀 별로더라고."

"그럼 내가 다 먹는다?"

"그렇게 하셔."

으드득, 으드득.

그렇게 김귀남은 아주머니가 내주신 돌게장을 순식간에 먹어 치웠고, 입가심으로 맥주 몇 병을 더 해치우고 난 후에야 술자리를 마감했다.

소아과 샘님 하나가, 술 마시는 데 있어서 둘째가라면 서러워할 흉부외과 주당들을 도장 깨기 하듯 싹 쓸어버린 것이다.

그렇게 김귀남이 흉부외과를 초토화시킨 지 한 달 후, 김귀남은 나를 하늘공원으로 불러냈다.

"윤찬아, 아무래도 내 몸이 좀 이상해."

한 달 사이에 무척이나 수척해진 김귀남의 얼굴이었다.

"왜, 요즘 많이 힘들어?"

"……어, 좀 힘들어."

"후우, 4년 차가 다 그렇지. 좀만 더 버텨 보자. 곧 있으면 끝나잖아. 전문의 자격 따면 지금보다는 나아질 거야."

난 그저 지옥의 레지던트 생활에 지친 것이라 생각했다.

"어, 그래야지. 그런데 윤찬아."

녀석의 표정이 전과는 다르게 심각해 보였다.

"어, 말해."

"나, 헤모타이티스(객혈)가 있는 것 같아……."

김귀남이 힘없이 고개를 떨어뜨리며 말했다.

"뭐? 개, 객혈을 한다고? 언제부터?"

"지난주부터 그랬는데, 점점 심해지는 것 같아. 윤찬아, 나

어쩌지?"

"미치겠네. 그걸 왜 이제 말해? 어디 봐 봐. 투버클로시스 (결핵)일 수도 있어."

"그래서 널 찾아온 거잖아, 이렇게."

"멍청한 놈, 객혈을 했을 때 바로 찾아왔어야지. 가슴 통증은? 가슴 통증은 없어?"

청진기를 꺼내 녀석의 가슴에 대어 보니, 다행히 결핵 환자 특유의 쇳소리는 들리지 않았다.

게다가 녀석의 가슴에서 느껴지는 온도는 미지근했다.

머리 감을 때, 차갑지 않다고 느껴질 정도의 온수 온도라고 할까?

아무튼 미지근했다.

응급 환자들의 몸에 손을 댔을 때, 예외 없이 불에 덴 것처럼 뜨거웠던 것을 떠올려 볼 때, 이 정도라면 그리 위험한 병은 아니라는 뜻이었다.

그나마 안심이었다.

"일단 검사부터 받아 보자, 응?"

"나, 괜찮겠지?"

"어, 폐 소리 들어 보니까 심한 것 같진 않아. 투베르쿨린 반응 검사(결핵 검사)랑 가슴 CT 좀 찍어 보자."

"엄마랑 아빠가 걱정하실 텐데? 일단 검사는 몰래 하면 안 될까?"

녀석이 걱정스러운 표정을 지었다.

"그래, 그거야 뭐. 그렇게 하자."

"알았어. 부모님한테 절대 알리면 안 돼? 어?"

"알았다고. 그러니까 오늘 당장 검사부터 받아."

"아. 알았어."

김귀남이 힘없이 고개를 끄덕였다.

흉부외과 의국.

"귀남이 어떻게 된 거야? 안색이 겁나 안 좋던데?"

"……글세. 아직 뭐라고 말하긴 좀 그래."

"아니야, 이거 분명 뭐가 있어. 어차피 알게 될 거니까 빨리 이실직고하시지? 귀남인 내 친구이기도 해."

이택진이 눈매를 좁히며 따져 물었다.

"음, 폐 쪽에 문제가 생긴 것 같아."

"그래서 투베르쿨린 검사를 한 거냐?"

눈치 빠른 이택진이었다.

"음……. 얼마 전부터 객혈을 했던 것 같아."

"뭐야? 그럼 결핵이 맞다는 거야?"

"검사 결과가 나와 봐야 알겠지."

"야, 이게 말이 돼? 귀남이네 집이 어떤 집이야. 위생 관리

철저한 집에서 무슨 결핵?"

"그러니까 결과를 지켜보자는 거지."

"어휴, 그거참! 어쩐지, 요 며칠 안색이 좋지 않더라. 단순 기관지염이었으면 좋겠는데."

"결핵이라도 크게 문제 되진 않아. 좋은 약이 많으니까. 물론, 아니면 더 좋겠지만."

"하긴, 결핵도 옛날에나 위험했지, 요즘이야 충분히 치료 가능하지."

"너, 괜히 쓸데없는 소리 하고 다니지 마라. 귀남이 곤란하게."

"알았다, 인마! 너, 요새 보면 나보다 귀남이를 더 챙기는 것 같더라?"

이택진이 뱁새눈을 뜨며 날 노려봤다.

"헛소리 그만하고 차트 정리나 잘해. 너, 지난번에 305호 환자랑 508환자 차트 바꿔 놨잖아? 그걸로 내가 얼마나……."

"하아, 자꾸 아픈 데 쑤실래? 실수라고, 실수!"

"흉부외과에서 실수라는 게 허용이 된다고 생각해?"

"뭐냐? 지금 고함 교수 놀이 하는 겨? 우리 감투 놀이 좀 그만하자, 응?"

"……그러니까 잘하자고. 괜히 타 대학 출신이라고 트집 잡히지 말고."

"알았다. 알았어! 그나저나 좀 있다가 귀남이나 한번 봐야 겠네."

"그래라. 위로 좀 해 줘. 가뜩이나 겁 많은 녀석인데, 얼마나 걱정되겠어."

"겁 많은 놈이 그렇게 우리 과를 작살내냐? 아무튼, 알았어."

고함 교수 연구실.

그렇게 김귀남은 고함 교수에게 진찰을 받았고, 폐, 심장 내과에 의뢰해 몇 가지 검사를 했다.

"교수님, 귀남이 검사 결과 나왔습니까?"

"그렇지 않아도 자네를 부르려고 했어. 앉아."

"네. 투베르쿨린 반응 검사 결과는요?"

객혈을 했으니, 가장 의심스러운 병명은 결핵이었다.

"반응 검사 결과는 음성이야."

"다행이군요!"

다행이었다.

결핵이 가장 의심스러웠지만 다행히도 귀남이의 병은 결핵은 아니었다.

"객담 도말 검사나 배양 검사를 해 봤는데도 큰 문제는 없었어. 결핵은 아닌 것 같다."

"휴우, 정말 다행이네요. 혹시 브롱키오 울라이티스(기관지염)나 퀸지(편도선염)일까요?"

김귀남의 몸을 터치했을 때, 미지근했던 것으로 보아 그 정도가 적당한 질병이라고 판단했다.

"아니."

고함 교수가 어두운 표정으로 천천히 고개를 내저었다.

"그러면요?"

"흐음, 일단 이걸 좀 보는 게 좋겠군."

고함 교수가 컴퓨터를 켜, 김귀남의 엑스레이 촬영 결과지를 화면에 띄웠다.

"……이, 이게 어떻게 된 겁니까?"

엑스레이 결과, 왼쪽 폐 한쪽이 완전히 먹혀 있었다.

좀 더 자세하게 설명을 하자면 폐는 일반적으로 상엽, 중엽, 하엽 이렇게 세 부분으로 구분하는데, 엑스레이 결과 김귀남의 폐는 중엽, 하엽이 하얗게 되어 있었다.

다시 말해, 암을 의심할 수도 있는 상황이었다.

"……자네가 보고 있는 사진 그대로야."

"지금, 폐 선암을 의심하시는 겁니까? 저건 공기 대신 폐 부종으로도 그럴 수 있는 것 아닌가요?"

"그렇긴 하지."

"네, 폐부종일 가능성이……."

"단순 폐부종은 아니야. 이걸 좀 보는 게 좋겠군."

고함 교수가 이번에는 CT 결과지를 모니터에 띄웠다.

헐, 대략 직경이 3센티 정도 되어 보이는 결절이 보였다.

이 정도 크기라면 꽤 진행된 건데?

그럴 리가 없다!

귀남이 몸에서 느껴졌던 온도로 볼 때, 암일 가능성이 없어.

그런데 왜?

"……아닐 겁니다, 절대."

"그래, 결절이 보인다고 다 암은 아니니까."

"네, 맞습니다. 다른 이유로도 이 정도의 결절은 충분히 생길 수 있으니까요."

"그래, 그래서 PET-CT 검사를 해 봐야 할 것 같아."

PET-CT 검사.

일반적으로 암세포는 일반 세포에 비해 증식 속도가 매우 빠르다. 보통 일반 세포에 비해 적게는 수배에서 많게는 수십 배까지 빠른 것으로 알려져 있다.

따라서 증식 속도가 빠른 만큼 포도당 소비도 일반 세포에 비해 비교가 되지 않을 정도로 많다.

결국 이러한 원리를 이용하여, 포도당에 동위원소 표지자를 부착해 몸에 투여하고 동위원소량을 살펴보면 문제의 결절이 암인지 아닌지 판별할 수 있다.

일반적으로 폐 선암을 판별하기 위한 최신 검사법이었다.

"네에, 그러는 게 좋을 것 같습니다."

"일단, 검사 결과를 놓고 다시 살펴보자고. 검사는 윤찬 선생이 알아서 진행해."

"네, 교수님."

아닐 거야. 그럴 리가 없어.

단순히 귀남이 몸을 만졌을 때 그 온도가 낮아서만은 아니다. 흉부외과 20년 경력으로 볼 때도 김귀남의 증세는 폐암일 가능성이 낮았다.

"귀남아, 일단 결핵은 아닌 것 같아."

"결핵은? 그럼 뭔데?"

"그게……."

"괜찮아. 결핵 아니면 뭔데? 기관지염? 편도선에 문제가 있는 건가?"

"……아무래도 PET-CT 검사를 해 봐야 할 것 같아."

난 김귀남에게 조심스럽게 검사받기를 권했다. 숨긴다고 해결될 일은 분명 아니었다.

"……역시, 암이었니?"

PET-CT 검사를 받는다는 것이 뭘 의미하는지 김귀남도 잘 알고 있었기에 그의 목소리가 미세하게 떨렸다.

"귀남아, 솔직히 말할게. 좌측 폐 하엽 쪽에 3센티 결절이 보이는데, 너도 알다시피 결절이라는 게……."

"그래, 네 말대로 암은 아닐 수도 있겠지."

"맞아. 그러니까 너무 섣불리 판단하진 말자."

"후후, 암이 아닐 확률도 있겠지만, 암일 가능성이 더 높지."

녀석의 얼굴이 급 어두워지는 듯했다.

"아니야, 그렇게 암이라고 단정 지을 순 없어. 일단……."

"걱정 마, 윤찬아. 나 어디 안 도망가. 검사받을게."

녀석이 의외로 담담하게 받아들이는 것 같았다.

지금까지 봐 왔던 철부지 김귀남은 분명 아니었다.

"그래, 잘 생각했어. 빨리 검사받고 훌훌 털어 버리자."

"후후, 알았어. 그건 그렇고, 결과 나올 때까진 우리 부모님한테는 비밀이다? 알았지?"

"어, 그렇게 하자."

"그래, 그럼 검사 언제 받으면 돼? 오늘은 컨퍼런스가 있어서 좀 힘들 것 같은데."

김귀남이 최대한 평정심을 유지하려 애를 썼다.

"내일 오전에 하자. 괜찮지?"

"응, 알았어. 나, 그만 내려가 볼게. 교수님 회진 돌 시간이거든."

자리에서 일어서려던 김귀남의 몸이 휘청거렸다.

말은 그렇게 했지만 상당한 충격을 받은 모양이었다.

"괜찮아?"

"어, 괜찮아. 걱정 마."

내가 부축하려 하자 김귀남이 슬며시 내 손을 뿌리쳤다.

그리고 며칠 후.

마침내 김귀남의 PET-CT 결과가 나왔다.

♥

흉부외과 컨퍼런스 룸.

환자 브리핑 담당은 한상훈 교수였다.

"지금부터 김귀남 환자 브리핑을 시작하겠습니다. 모두
스크린을 봐 주십시오."

고함 교수, 이기석 교수를 비롯해 흉부외과 스태프들이 일
제히 스크린으로 시선을 모았다.

"심한 가슴 흉통과 헤모타이티스(객혈)로 인해, 폐, 심장 내
과에서 결핵 검사를 시행했고, 백혈구 수치, 염증 수치 모두
정상, 투베르쿨린 검사 결과 음성으로 판정되었습니다."

"일단, 결핵은 아니라는 거군요."

이기석 교수가 차트를 가리키며 말했다.

"그렇습니다. 그래서 종양표지자 검사를 했더니, 정상치
의 세 배가 넘는 결과치가 나왔고, 폐 시티 결과 좌측 폐 하

엽에서 중엽에 걸쳐 약 3센티가량의 결절이 확인되었습니다. 며칠 후, 재검사 결과 종양의 크기가 좀 더 두꺼워진 상황입니다."

"……일단 폐 선암을 의심해 볼 여지가 있군요."

가만히 브리핑을 듣던 고함 교수가 말문을 열었다.

"그렇습니다. 전혀 배제할 순 없는 상황입니다."

"한 교수, PET-CT 결과는 어떻게 나왔습니까?"

"네, 화면을 보시죠."

결과는 충격적이었다.

평균 포도당 소비 수치보다 대량 13배 정도 많이 포도당을 소비한 결과치였다.

이 말은 곧, CT 결과상 확인되었던 결절이 암 덩어리임이 증명된 것이었다.

"흐음, 아니길 바랐는데……."

고함 교수의 입에서 허탈한 한숨이 흘러나왔다.

"일단, 폐 선암으로 판단하고 수술 스케줄을 잡아야 할 것 같습니다. 다만, 림프 노드 메타스타시스(임파절 전이)나 페리노니움 메타스타시스(복막 전이) 양상은 보이지 않는 것 같습니다."

가슴 통증과 심한 객혈.

폐 CT 결과 3센티 결절.

정상치에 13배나 높은 PET-CT 결과치.

이 모든 지표들이 폐 선암을 가리키고 있었다.

"그나마 다행이군."

고함 교수가 안도의 한숨을 내쉬었다.

"교수님, 질문입니다!"

"네, 하세요, 김윤찬 선생."

"제가 확인한 바로는 환자의 호산구 검사 결과치가 8.4% 증가한 걸로 아는데, 알레르기 질환이나 폐호산구증 등에 대한 검사를 해 봐야 하는 것 아닙니까?"

"아뇨, 암세포가 증식할 때도 이 정도 수치는 증가할 수 있습니다."

"생각보다 수치가 높은데요?"

"김윤찬 선생, 아냐. 그건 한상훈 교수의 말이 맞아. 폐 선암의 경우, 암세포의 증식이 빨라지면서 호산구 수치가 증가되는 케이스가 많아."

"네, 그건 알고 있지만……. 게다가 PET-CT 결과는 위양성이 많은 걸로 알고 있습니다. 단순히 지금의 상황을 암이라고 단정 짓기에는……."

"만약에 암이면?"

고함 교수가 몸을 돌려 날 쳐다봤다.

"……."

"김윤찬 선생은 지금 저 환자가 암이 아니라고 확신할 수 있나?"

"아닙니다."

"우린 의사야. 의사는 결국 객관적인 자료를 가지고 판단을 해야 하는 것이 맞지. 지금 각종 지표가 암을 가리키고 있는데, 그걸 무시할 수 있겠나? 가장 높은 확률을 간과할 순 없지 않은가? 김귀남이 김윤찬 선생의 친구인 건 알겠지만, 감정적으로 접근하면서 객관적인 판단이 흐려져서는 안 되지."

고함 교수의 태도는 단호했다.

"……죄송합니다."

더 이상, 고함 교수의 말에 반박할 상황은 아니었다.

"아니야, 죄송할 것까진 없고, 여러 가지 가능성을 열어 두는 건 의사로서 올바른 태도이긴 해."

"네, 교수님."

"좋아. 일단, 이 정도로 브리핑은 마치고 수술 스케줄을 좀 잡아 보자고. 보호자에게 통보하는 건, 한 교수가 좀 맡아 주지?"

"네, 알겠습니다."

그렇게 김귀남의 병명은 폐 선암으로 결정되는 듯했다.

흉부외과 당직실.

"윤찬아, 너 자꾸 한상훈 교수하고 각 세우지 마. 똥이 무서워서 피하냐, 더러워서 피하는 거지."

컨퍼런스가 끝난 후, 장대한 선생이 당직실에까지 찾아왔다.

"네."

"그 인간, 야망이 들끓다 못해 넘쳐 나는 인간이잖냐? 아마, 이번에 제대로 기회 잡았다고 생각할 거야."

"기회요?"

"그래, 너도 알다시피 김귀남이 누구냐? 그 집안 장난 아니잖아."

"그래서요?"

"인마, 이번에 제대로 한 건 해서 김귀남 부모 눈에 들려는 거지. 게다가 폐 선암 분야에선 한상훈 교수만 한 실력자도 드물잖아."

"……"

"아마, 그 인간, 암이 아니래도 암으로 만들어 놓을 인간이야."

"고함 교수님이 집도하시는 거 아닙니까?"

"당연히 그렇긴 한데, 내 생각엔 어떻게든 그 인간이 집도할 거다. 여태까지의 열세를 단번에 역전시킬 기회를 그 하이에나 같은 인간이 놓치겠냐?"

"그거야. 귀남이가 결정하는 겁니다."

"세상일이 그렇게 쉽게 뜻대로 되진 않더라. 그러니까 너도 그냥 조용히 있는 게 좋아. 그 인간, 지금 독이 바짝 올라

있거든. 알았지? 걱정돼서 올라와 봤다."

"네, 알겠습니다."

"그나저나 생수 좀 있냐? 약 좀 먹게."

장대한이 주섬주섬 주머니에서 약을 꺼냈다.

"약이요? 무슨?"

"아, 구충제. 1년에 한 번씩은 먹어 줘야지. 너도 잊지 말고 꼭 챙겨 먹어라."

"아…… 네."

내 경험으로 봤을 땐, 아무리 암세포가 증식한다 해도 호산구 수치가 이토록 많이 증가되진 않는데?

게다가 PET-CT 결과는 위양성인 케이스도 많다. 게다가 암세포만 과도하게 포도당을 흡수하는 게 아니지.

호산구 수치 증가…….

과도한 포도당 소비…….

그렇다면 설마?

"선배님, 기생충에 감염되면 호산구 수치가 증가되는 것 맞죠?"

"그야, 당연하지."

"하나 더요. 일반적으로 기생충이 있는 경우에 포도당 소비는 어떻습니까?"

"그야 당연히 올라가지. 기생충의 주 에너지원도 포도당이니까."

"그렇죠? 분명 맞죠?"

"그래, 인마. 왜 그래?"

"저, 잠시만요! 나갔다 오겠습니다."

"어딜 가는데?"

"청수옥이요!"

"이 시간에 거긴 왜? 배고프면 나랑 같이 가. 나도 순댓국 한 그릇 때리려던 참이니까."

"아뇨아뇨, 그건 나중에요! 나중에 말씀드리겠습니다."

-와! 이거 밥도둑이잖아요? 이건 뭐, 맛없으려야 없을 수가 없죠.

김귀남은 지난 회식 때 청수옥에서 돌게장을 먹었어.

그래, 바로 이거야. 돌게장!

난 주섬주섬 옷을 챙겨 입고 곧바로 청수옥으로 달려갔다.

❦

고함 교수 연구실.

한상훈 교수가 심각한 표정으로 고함 교수 연구실을 찾아 왔다.

"교수님, 이번 수술 제가 할 수 있도록 해 주십시오."

풀썩, 한상훈이 연구실로 들어오자마자 무릎을 꿇었다.

"뭐야? 지금 자네 뭐 하는 건가? 당장 일어나지 못해!"

고함 교수가 황당한 표정으로 자리에서 벌떡 일어났다.

"김귀남 환자, 수술 제가 집도할 수 있게 해 주십시오. 제가 꼭 살리겠습니다."

한상훈이 아랑곳하지 않고 더욱더 고개를 조아렸다.

"······지금 나랑 환자 놓고 거래를 하자는 건가?"

그 모습에 고함 교수가 냉소적인 눈빛을 흩뿌렸다.

"아닙니다. 절대 그런 게 아닙니다. 폐 선암 수술은 자신 있습니다. 제가 살려 낼 수 있습니다, 교수님!"

"일단 일어나, 보기 불편하니까."

"네, 교수님."

그때서야 한상훈이 일어나 자리에 앉았다.

"수술은 자신감만 가지고 하는 게 아니야."

"네, 맞습니다! 하지만 저도 폐 선암 수술 레퍼런스는 많이 가지고 있는 거 아시지 않습니까? 수술 성공률도 100%입니다. 할 수 있습니다."

필사적이었다.

궁지에 몰린 한상훈의 입장에선 찬밥 더운밥을 가릴 처지가 아니었다.

평소에 그토록 각을 세웠던 고함 교수였지만, 지금은 코가 바닥에 닿도록 비벼 대는 한이 있더라도 이 절호의 찬스를 놓칠 수 없는 그였다.

"내가 결정할 일이 아닐세."

"아뇨, 교수님이 충분히 결정하실 수 있는 일입니다. 저를 추천해 주십시오. 그렇게만 해 주신다면⋯⋯."

"그렇게만 해 준다면? 뭐지?"

"교수님을 위해서 뭐든 하겠습니다. 그동안, 제가 무례했다면 용서하십시오. 다시는 그런 일이 없도록 하겠습니다."

지금 상황에서 한상훈에게 자존심이란 화투판에 흑싸리 껍데기만도 못한 것이었다.

"자네, 꼭 이렇게까지 해야겠나?"

"도와주십시오, 제발!"

양손을 모은 한상훈의 눈망울이 마구 흔들렸다.

그만큼, 이번 수술은 그에게 간절했으리라.

"내가 도울 일이 아니야. 환자와 그 보호자가 결정할 일이지."

"교수님이 이 수술을 포기해 주시기만 한다면⋯⋯."

"포기라? 자네, 정말 딱한 사람이군. 환자는 포기니 선택이니 그런 말을 할 수 있는 게 아니야. 난, 환자를 살릴 수 있는 가장 최선의 방법을 선택할 뿐이네. 선택은 환자와 그 가족들이 하는 거야, 이 사람아."

한상훈을 응시하는 고함 교수의 눈에 경멸이 가득했다.

"⋯⋯제가 이렇게 무릎까지 꿇고 빌었는데 안 되는 겁니까?"

고함 교수의 말에 한상훈의 눈빛이 순식간에 돌변했다.

"내가 꿇으라고 했던가?"

"네에, 알겠습니다. 결국, 이번 수술 양보 못 하시겠다는 거군요."

"쯧쯧쯧, 이 사람아, 왜 이리 못났어? 의사는 환자를 선택하거나 포기하는 것이 아니라 했지 않나?"

"……진짜 안 되는 겁니까?"

한상훈이 피가 터지도록 입술을 악다물었다.

"이럴 시간 있으면, 환자라도 한 번 더 보게나. 여기서 이러지 말고."

"네, 알겠습니다. 이만 나가 보겠습니다."

"그래, 아무튼 이번 수술은 교수 회의에서 결정할 거니까 그렇게 알아."

"교수님!"

"왜?"

"하나만 확답해 주십시오."

"뭘?"

"김귀남 환자, 부모님이 절 선택한다면 어떻게 되는 겁니까?"

고함 교수를 응시하는 한상훈의 눈빛이 매서웠다.

"그거야, 그런 상황이 된다면 생각해 봐야지."

"아뇨! 대답해 주십시오. 환자 보호자가 절 선택한다면, 더 이상 나서지 않겠다고."

"……"

"얼른 말씀해 주십시오!"

고함 교수가 아무 말이 없자 한상훈 교수가 목소리에 힘을 주었다.

"환자와 보호자의 의견이 그렇다면 할 수 없지."

"약속하신 겁니다. 절대로! 절대로 나서지 않는다고."

"……약속이고 나발이고 의미 없다고 하지 않았나? 알아서 해."

"네, 알겠습니다. 그럼 이만 나가 봐야겠습니다."

쾅, 한상훈 교수가 거칠게 문을 열고 밖으로 나갔다.

♥

연희병원 기생충 연구소.

난 청수옥에서 김귀남이 맛있게 먹었던 돌게장 샘플을 채취해 기생충 연구소 안 소장님을 찾아갔다.

"소장님, 몸에 페디스토마가 있는 경우에 포도당 소비가 급격하게 증가될 수 있는 겁니까?"

"당연하지. 그놈들도 먹고살아야 할 것 아닌가?"

됐어, 바로 이거야!

"그렇다면, PET-CT 검사에서 위양성이 나올 수도 있겠네요?"

"물론이야. 기생충들도 포도당을 엄청 좋아하거든."

"좋습니다. 보통 폐디스토마에 감염되었을 경우에 어떤 증세가 있을 수 있나요?"

"……음, 다양하지. 보통은 폐로 들어가서 그곳에 똬리를 만들고 그 안에 알을 낳지. 그런데 말이야, 이들도 자손 번식의 욕구가 있지 않겠나? 일단 알을 낳으면 다른 숙주로 퍼뜨려야 자손만대가 번영을 누릴 것 아닌가?"

"네, 그렇겠죠."

"그러니까 우리 몸을 협박하는 거야. '나, 나갈래! 길 좀 열어 줄래?' 이렇게 말이야."

"……그래서 가래가 끓고 객혈을 하는 겁니까?"

"바로 그거지. 보통 우리 몸은 이놈의 협박에 두려워 기관지를 열어 주게 되지. 그러다 보니 기침, 가래가 끊이질 않고, 가래에 피가 섞여 나오는 거야. 녀석들은 그 덕에 바깥세상을 구경할 수 있게 되는 거고."

"그래서 결핵이나 암을 의심하게 되는 거군요."

"바로 그거지. 비근한 예로 폐디스토마는 뇌로 가기도 해. 보통 이놈이 몸속에 들어오면, 낯설잖아? 우리도 보통 낯선 곳에 가면 헤매는 것처럼."

"그렇죠."

"일단 몸에 들어왔다고 폐에 안착하는 건 아니야. 어떤 놈은 폐를 잘 찾아가서 평생 호사를 누리면서 무병장수하는 놈들도 있지만, 재수 없게 길을 잘못 든 놈들은 간으로 가기도 하고 뇌로 가기도 해."

"그렇군요."

"'하아, X 됐다. 여기가 아닌가 벼!' 이렇게 되는 거지. 결국, 그곳에서 제 수명도 못 채우고 죽어 버리는 거지. 그런데 이놈들이 그냥은 안 죽어. 폐로 간 놈들은 자기 집이니까 절대로 폐를 망가뜨리지 않는데, 간이나 뇌로 간 놈들은 부아가 치미는 거지. 고생고생 기어올라 왔는데, 내 집이 아니니까."

"……"

"에라, 모르겠다! 내 집도 아닌데, 나만 억울하게 죽을 순 없잖아? 뭐, 이런 생각을 가지는 거지. 나도 죽고 너도 죽자. 뭐 이런?"

안 소장이 입가에 옅은 미소를 띠었다.

"그래서요?"

"그렇게 화병으로 죽은 놈들의 사체가 뭉쳐 굳어진 게 뇌속에 자리 잡아 딱딱하게 굳어 버리는 거야. 당연히 이 덩어리 때문에 뇌 신경이 눌려 아프겠지? 그래서 뇌 사진 찍어 보면 딱 종양으로 보여. 봐! 자네가 봐도 이거 딱 종양이지?"

안 소장이 모니터에 뇌 CT 사진 한 장을 띄웠다.

한눈에 보기에도 왼쪽 뇌 중앙에 커다란 병변이 보였다.

"그렇다면 폐 CT 결과도 마찬가질 수 있겠군요."

"아마도 그럴 거야. 그곳에 똬리처럼 주머니를 만드니까, 분명 결절로 보이겠지."

"그렇군요."

"요즘은 드물긴 하지만, 예전엔 잦았어. 보통, 몸을 푼 산모들한테 보양식으로 민물 가재 생즙을 먹였는데, 이 민물 가재가 폐디스토마의 중간숙주거든."

"……그럼 돌게장은요?"

"대표적인 중간숙주지. 민물 돌게장을 잘못 먹으면 골로 갈 수 있는 거지."

내 예상이 맞았어.

귀남인 지난번에 먹었던 돌게장을 통해 폐디스토마에 감염되었을 확률이 높아.

"……그렇다면 귀남이가 폐디스토마에 감염되었을……."

"음, 그렇긴 한데, 유감스럽게도 자네가 가져온 돌게장 속엔 그놈들이 없어."

안 소장이 천천히 고개를 내저었다.

"네? 뭐라고요?"

"없다고, 폐디스토마! 방금 검사 결과 나왔어."

"그럼 어떻게 되는 겁니까??"

그렇다면 정말 폐 선암이라는 건가? 귀남이가?

그럴 리가 없다.

내가 본 관점에선 절대로.

"뭐가 어떻게 돼? 자네 말대로라면, 이 돌게장을 먹고 김 귀남 선생이 폐디스토마에 감염되어 객혈을 했다는 거잖아?"

"네."

"그런데 이 돌게장엔 폐디스토마가 없다고. 무슨 말인지 몰라?"

"그렇다면 암이라는 겁니까?"

"그거야 자네들이 전문 아닌가. 고함 교수한테 가서 물어 보는 게 맞는 것 같은데?"

"네, 알겠습니다. 하나 더 여쭙겠습니다. 폐디스토마가 감 염되었는지 확인하려면 뭘 하면 되는 겁니까?"

"객담검사를 해야 하는데, 객담 속에는 알이 나오지 않을 확률이 높으니까, 무조건 혈청검사를 하는 게 좋지. 혈청검 사에서 항체가 나오면 감염되었다고 확증해도 좋아."

"네, 알겠습니다. 하나만 더요. 보통 폐디스토마의 생애 주기가 얼마나 됩니까?"

"……음, 뭐 건강한 폐에 안착해서 살아간다면, 20년에서 길게는 30년도 무난하지. 더 사는 놈들도 있는 걸로 알아."

20년에서 30년이라…….

"네, 알겠습니다."

"……아무튼, 객담에 쇠 녹물 같은 피가 섞여 나왔다면,

폐디스토마에 감염되었을 확률은 높지만, 글쎄다. 지금으로선 모르겠네? 암이나 결핵에 걸려도 그런 현상은 일어나니까."

"네."

"아무튼, 혈청검사를 해 보면 속 시원히 알 수 있을 거야."

"네, 알겠습니다, 교수님! 마지막으로 하나만 더 여쭙겠습니다."

"뭐? 열 개, 백 개라도 괜찮아, 말해."

"좀 전에 산모들이 가재를 즙을 내서 먹는다고 했었나요?"

"그랬지. 옛날엔 왕왕 가재즙을 잘못 먹어서 폐디스토마에 감염되는 사례가 많았어."

"그럼 폐디스토마에 감염된 가재즙을 산모가 먹었다면 태아는요?"

"감염 여부를 말하는 건가?"

"네."

"당연히 감염될 확률이 높지 않겠어?"

"그럼 그때 감염된 폐디스토마가 30년 가까이 지나서 발현될 수도 있는 겁니까?"

"……뭐, 이론상으론 가능하지. 사람들도 성질 더러운 놈, 온순한 놈 그렇잖아? 이놈들도 그래. 아무래도 온순한 놈들이라면 조용히 티 안 내고 살 수도 있지. 뭐, 이론적이긴 하지만."

"아무튼 가능하다는 거죠?"

"그래, 그동안 폐 CT를 찍어 본 경험이 없다면, 모를 수도 있겠지? 사실, 기생충이란 놈이 아주 영악한 놈이거든. 자기 살려면 숙주도 건강해야 하니, 쓸데없이 숙주를 괴롭히진 않아. 간이나 뇌로 가면 분탕질을 하지만."

만약에 귀남이 엄마가 가재즙을 먹었던 적이 있다면, 말이 될 수 있다! 확인해 봐야겠어.

"진짜 마지막 질문이요. 치료법은요?"

"페디스토마?"

"네네."

"뭐, 비교적 간단해. 간디스토마랑 달리 페디스토마는 프라지콴텔이라고 잘 듣는 약이 있어."

"네, 알겠습니다, 교수님!"

잠시 후.

띠리리리.

난 곧바로 김귀남의 어머니에게 전화를 걸었다.

"어머니, 저 윤찬입니다."

─어? 윤찬아! 우리 귀남이한테 무슨 일이라도 있는 거니?

이미 귀남의 몸 상태를 알고 있는 그의 어머니. 깜짝 놀라 나에게 되물었다.

"아뇨아뇨, 귀남인 괜찮아요. 지금은 아주 컨디션이 좋습니다."

　－휴우, 그렇구나. 아줌마 깜짝 놀랐다. 그렇지 않아도 이제 병원으로 가려던 참이었어. 정말 아무 일 없는 거지?

　어머니가 안도의 한숨을 내쉬었다.

　"네네, 아무 걱정 마세요. 귀남이 괜찮아요."

　－그래, 아줌마 가슴 철렁했다. 그나저나 무슨 일이니?

　"저, 궁금한 게 있어서 그러는데, 뭐 하나만 여쭤봐도 되나요?"

　－뭐가 궁금한 거니?

　"아…… 다름이 아니고, 제 사촌 누나가 임신을 했는데, 임신중독이 심해서요. 가재즙이 그렇게 몸이 좋다고 해서요. 귀남이가 그러던데, 어머님이 잘 아시는 한의원이 있다고……."

　물론, 어머니를 떠보려는 새빨간 거짓말이었다.

　－아이고, 윤찬아! 아서라, 아서. 그거 큰일 난다!

　어머니가 질겁을 하며 말허리를 잘랐다.

　"네? 왜요?"

　－그때가 언제니……. 맞다, 우리 귀남이 가지고 몸이 너무 안 좋아서 민물 가재즙이 좋다고 해서 먹었는데, 곤혹을 치렀단다.

　"곤혹이요? 어떤?"

　－머리가 너무 아파서 병원에서 뇌 검사를 받았는데, 뇌종양 판단을 받았단다.

"네? 뇌종양이요? 원인이?"

이쯤 되면 난 이미 확신할 수 있었다.

－어휴, 어이없게도 민물 가재즙을 먹고 폐디스토마에 감염되었는데, 그게 뇌로 갔다더구나.

"정말요? 그럼 뇌종양이 아니라 폐디스토마 알인 건가요?"

－그래그래. 아줌마, 죽을 뻔했단다. 그러니까, 절대로 민물 가재즙은 먹으면 안 돼! 큰일 나. 절대로 못 먹게 해라.

"아…… 그렇군요. 그러면 어머니, 치료는 다 되신 겁니까?"

－어, 다행히. 머릿속에 있는 알집을 제거하니까 씻은 듯이 나았어.

"다행이군요, 정말!"

－그래그래. 사촌 누나한테 전하거라. 민물 가재즙 같은 거 먹지 말고, 영양 골고루 섭취하는 게 더 중요하다고.

"네, 감사합니다."

－하아, 그나저나 우리 귀남이 정말 괜찮겠지?

"네, 물론이에요. 고함 교수님이 잘 치료해 주실 겁니다."

－고함 교수?

"네, 고 교수님이요."

－고함 교수는……. 아, 아니다. 알았다. 네가 우리 귀남이

좀 잘 챙겨 줘라, 응?

"네, 어머니. 걱정 마세요."

―그래, 이따가 병원에서 보자꾸나.

"네."

이젠 확실해졌다! 귀남인 암이 아니라, 폐디스토마에 감염된 것이 틀림없어.

난 곧바로 김귀남의 병실로 발길을 옮겼다.

흉부외과 병동 VIP실.

"컨디션은 좀 어때?"

"괜찮아……."

생각보다 담담해 보였다.

있는 집 자식이라고, 샌님 같아 보인다고, 유리병 속 화초처럼 자랐다고 선입견을 가져서는 안 되는 아이었다.

회귀 전, 교수 회의에서 요목조목 내 잘못을 들춰내며 공격했던 김귀남 교수이지 않은가?

"별거 아니니까, 너무 걱정 마."

"후후, 폐 한쪽 날아가도 사는 데는 지장 없겠지?"

"그런 뜻이 아니잖아?"

"알아……. 폐 수술에 관한 한 한상훈 교수가 우리 병원

톱이잖아."

"뭐라고? 한상훈 교수?"

"어, 한상훈 교수."

지금 이게 무슨 개소린가? 왜 한상훈이 귀남이를 집도해?

"……왜 여기서 한상훈 교수가 나오는 거지?"

"내가 한상훈 교수님께 직접 부탁했어. 내 수술 좀 맡아 달라고."

"네가 직접?"

"그래, 내가 직접."

"아니……."

"이유가 궁금하겠지?"

"그래, 솔직히 좀 당황스럽다. 이유를 좀 설명해 줄 수 있 겠니?"

"특별한 이유는 없어. 한상훈 교수님이 이 분야 권위자니 까 그렇게 선택했을 뿐이야."

김귀남이 내 시선을 애써 피하며 단호하게 말했다.

도대체 무슨 일이 있었던 걸까?

"……."

하지만 난 아무것도 물어보지 않았다. 녀석이 말을 하고 싶었다면 애초에 서두를 이런 식으로 꺼내지는 않았을 테 니까.

"네 결정이 그렇다면 그렇게 해야겠지."

"……안 물어봐?"

그제서야 김귀남이 고개를 들어 나를 쳐다봤다.

"뭘?"

"왜 고함 교수님이 아니냐고 안 물어보니? 그게 궁금하지 않아?"

내가 반응이 없자 도리어 김귀남이 묻기 시작했다.

"아니, 네가 그렇게 결정했으면, 그렇게 하는 거지. 환자는 의사를 선택할 권리가 있으니까. 우리 병원 환자 권리장전에도 그렇게 적혀 있잖아."

"흐음, 그렇게 생각해 주니 고마워. 그리고 미안해. 네가 고함 교수님과 각별한 사이인 거 알지만……."

"내가 교수님과 각별한 사이인 게 무슨 상관이야? 지금은 네 건강이 가장 중요해. 너와 네 부모님의 판단이 그렇다면 그렇게 하는 거야. 괜히 쓸데없는 소리 하지 마."

"고맙다, 이해해 줘서."

"이해하고 말고가 어딨어. ……그나저나 혈액검사 좀 하자. 수술 전에 몇 가지 좀 살펴봐야 하니까."

"그래."

김귀남이 입가에 어색한 미소를 띠며 팔을 걷어붙였다.

젠장, 한상훈 교수가 집도를 한다고??

한상훈 교수!

당신이 무슨 개수작을 벌이는지는 모르겠지만, 당신이 귀남이의 몸에 메스를 댈 일은 없을 겁니다. 절대.

"따끔할 거야."

난 그렇게 폐디스토마 혈청검사를 위해, 김귀남의 혈액 샘플을 채취를 목적으로 그의 팔뚝에 바늘을 꽂았다.

흉부외과 당직실.

그리고 얼마 지나지 않아, 연희 통신원으로부터 그 이유를 알 수 있었다.

"윤찬아, 소식 들었어?"

"뭘?"

"귀남이 집도를 한상훈 교수가 한다는데, 고함 교수 제끼고!"

역시나, 이택진은 연희병원 최고의 통신원이었다.

"그래, 방금 들었어, 귀남이한테."

알아서 모든 상황을 읊어 댈 녀석이기에 굳이 호들갑을 떨 필요는 없었다.

"와! 진짜, 한상훈 이 인간 야비하더라고. 아마, 일제시대였으면, 나라도 팔아먹었을 거야."

"서론, 본론 잘라 먹고 결론만 말하면 내가 어떻게 이해를 해?"

"그치! 내가 어떻게 돌아가는 판인지 차근차근 설명해 줄게. 있잖아……."

이택진이 침을 튀겨 가며 모든 상황을 설명하기 시작했다.

야비하고 치사했지만, 한상훈다운 발상이었고, 한상훈다운 짓이었다.

지석훈 사망 사고.

내가 이 병원에 들어오기 전에 일어났단 사건이었다.

지석훈 환자는 폐암을 선고받고 고함 교수의 집도하에 수술을 받았다.

물론 결과는 사망.

당연히 지석훈 환자의 유가족들은 소송을 제기했고, 병원은 발칵 뒤집혔다.

그러나 지석훈은 STSF라는 심각한 유전병을 앓고 있다는 것을 숨겼고 그로 인해 사망에 이르렀기에, 의료사고 조사 결과 고함 교수의 실수는 없었던 것으로 밝혀졌다.

하지만 그 일로 인해, 고함 교수는 엄청난 자책감에 시달렸고, 병원에 복귀하기까지 상당한 시간이 흘렀던 것으로 알고 있다.

"……지석훈 환자를 들먹였다고? 그건 이미 지난 일 아니야?"

야비하고 비열했으며 추했다. 어떻게든 모든 상황을 반전시키려는 한상훈의 발악이었던 셈이다.

"그래, 그게 고함 교수의 유일한 오점 아니냐. 한상훈 교수가 그걸 파고든 거지."

판벨텍터
리벤즈

"그건, 교수님의 실수가 아니잖아? 지석훈 환자가 유전 질환이 있었다는 걸 숨겼잖아. 나중에 전부 증명이 되었던 거고."

"······그게 중요하냐, 귀남이 부모님한테? 결국, 수술 도중 사망했다는 것이 중요한 거지."

"······."

"한상훈 교수가 바로 그 점을 파고든 것 같더라. 거기다, 허풍선 과장이 옆에서 같이 약을 팔아 주니 귀남이 부모 입 장에선 어쩔 수 없지."

"그렇다고 현명하신 분들이 그런 결정을 내렸다는 게 믿기 지가 않아."

자괴감이 드는 순간이었다.

"죽어 가는 자식 앞에서 이성적일 수 있는 부모가 얼마나 될까? 게다가 귀남이 고모부가 한상훈을 적극 추천했다고 하던데."

"윤영병원 윤선도 원장이?"

"그래. 그 양반이 적극적으로 나서니까 귀남이 부모님도 어쩔 수 없었겠지. 게다가 솔직히 말하면 폐 선암 분야는 한상훈 교수가 포장을 기가 막히게 했잖아. 뭐, 레퍼런스도 많고."

"발악을 하는구나."

"당연하지. 그동안의 실수를 단번에 만회할 수 있는 기회인데, 한상훈이 그 황금 동아줄을 놓겠어? 나라도 몸에 칭칭 감아 버리겠다. 아무튼, 집요해, 그 인간."

이택진이 어이없다는 듯이 혀를 내둘렀다.

결국, 도려내야 하는 건가?

구충제를 먹어도 사멸되지 않는 기생충이라면, 메스를 대는 수밖에.

그리고 다음 날.

-김윤찬 선생, 검사 결과 나왔는데, 아무래도 김귀남 선생 몸에 놈들이 득실득실한 것 같군.

"확실합니까?"

-그래, 혹시나 위양성이 나왔나 해서 추가 검사도 해 봤어. 폐디스토마 감염이 확실해.

"네, 역시 그랬군요."

-김귀남이 가슴 열면 큰일 난다? 내가 고함 교수한테 직접 알려 줘? 괜히 가슴 열었다간 고 교수만 곤란해질 것 같아. 가뜩이나 힘들게 그 트라우마에서 벗어난 양반인데.

집도의가 바뀐 걸 아직 모르는 눈치였다.

"아뇨, 제가 말씀드리겠습니다."

-그래, 꼭 말씀드려라. 나, 이 양반 찾아다니느라 방방곡

곡 돌아다닐 시간 없다. 알았지?

"네, 어쨌든 감사합니다."

—자네가 감사할 일이 아니지. 감사하려면 김귀남이가 해야지. 폐 한쪽 날려 먹을 뻔했는데. 아무튼, 친구가 최고다. 윤찬 선생이 김귀남이 살렸어.

이제 확실해졌어.

진단 나왔으면, 이젠 수술을 해야겠지.

고함 교수 연구실.

"교수님, 접니다."

"들어와."

"네."

난 연구실로 들어와 자리에 앉았다.

"무슨 일이야?"

"드릴 말씀이 있습니다."

"뭔데?"

빙그르, 고함 교수가 컴퓨터를 끄며, 의자를 돌려 앉았다.

"괜히 어설픈 위로를 하겠다는 의도면 그냥 돌아가도록! 난 아무렇지 않으니까."

내가 집도의가 바뀐 걸 위로하러 온 줄 아는 모양이었다.

"제가 왜 교수님을 위로합니까? 위로할 이유가 있어야 위로를 하죠."

"후후후, 그런가?"

"네, 그 정도로 의기소침할 교수님이 아니시라는 걸 잘 알고 있습니다."

"후후후, 자네 날 너무 과대평가하는 것 같군. 솔직히 나 겁나 위축되어 있어. 봐, 볼살도 쭉 빠졌잖아?"

고함 교수가 양 볼을 빨아들였다.

후배한테 집도의 자리를 뺏긴 것.

선배로서 더할 나위 없는 치욕이었다.

그럼에도 불구하고 평정심을 유지할 수 있다는 것. 이것이 바로 고함 교수의 최대 강점이었다.

그 누구도 넘볼 수 없는.

"하하, 전혀 그렇게 안 보이는데요. 게다가 이제 수술을 할 필요도 없는데 집도의가 왜 필요한 건지 모르겠군요."

"당연하지. 수술이 필요 없……. 뭐라고? 수술이 필요 없다고? 누구 수술?"

고함 교수가 깜짝 놀라 되물었다.

"김귀남, 수술할 필요가 없을 것 같습니다."

"그니까! 그게 무슨 귀신 씻나락 까먹는 소리냐고? 한상훈 교수가 집도 못 하겠다더냐? 무슨 문제라도 있는 거야?"

고함 교수가 이해할 수 없다는 표정을 지었다.

"단도직입적으로 말씀드리겠습니다. 김귀남 선생, 암 아닙니다."

"뭐라? 생뚱맞게 그게 무슨 소리야, 암이 아니라니?"

"네, 암이 아니라, 폐디스토마에 감염된 것 같습니다."

"……폐디스토마라고? 기생충에 감염되었다는 소린가?"

"그렇습니다. 김귀남 환자 CT에 나타난 결절은 암이 아니라 폐디스토마의 알 주머니일 확률이 높습니다."

"확실해? 너, 지금 대충 짐작으로 말한 거면, 나한테 죽어?"

"네, 확실합니다."

"근거는? 너, 지금 하는 말 책임질 수 있는 거냐고?"

"네, 책임질 수 있습니다."

"아놔, 미치겠네! 무책임한 놈도 아니고, 네놈이 그렇게 말할 때는 분명 뭔가 있다는 건데……. 좋아, 썰 풀어 봐. 일단 들어 보고 다시 얘기하자."

고함 교수가 의자에 기댔던 몸을 일으켜 세웠다.

"실은……."

난 고함 교수에게 귀남이 어머니에 관한 이야기를 설명했다.

"그런 일이 있었어?"

이제야 조금은 수긍이 가는 모습이었다.

"네, 저도 우연히 알게 됐습니다. 안 소장님과 대화를 나누는 도중에요."

"안 소장? 그 꼰대 안지섭 소장을 말하는 거야?"

"네, 그렇습니다."

"뭐야, 이 인간? 나한테는 일언반구도 없더만."

고함 교수가 어이없다는 듯이 입술을 잘근거렸다.

"제가 모든 것이 확실해질 때까지 비밀로 해 달라고 부탁드렸습니다."

"하아, 하여간 넌, 바늘로 찔러도 피 한 방울 나오지 않을 놈이야. 그래서? 혈청검사를 했다는 거지?"

"그렇습니다."

"그 결과는 네가 말한 대로일 테고? 안 그랬으면 나를 찾아오지도 않았을 테니까."

"교수님이 직접 확인하시죠. 결과지 여기 있습니다."

난 안 소장이 넘겨준 결과지를 고함 교수에게 내보였다.

"어이없게…… 맞군. 페디스토마 양성이야."

결과지를 살펴보던 고함 교수가 눈매를 좁혔다.

"그렇습니다. 여기 최근 10년간 페디스토마 감염을 폐암으로 오진한 사례도 정리해 왔습니다. 확인하시죠."

"……그래, 이 사례들은 나도 알고 있는 것들이야. 페디스토마 증세가 결핵이나 암하고 상당히 유사해. 한때 페디스토마가 창궐했을 때가 있었는데, 지금이야 이런 케이스가 거의 없잖아?"

"네, 지금이야 그렇지만, 귀남이 어머니가 귀남이를 가지셨을 땐 다르죠."

"그래, 자네 말대로 30년 전이라면 대충 윤곽은 나온다. 제길, 결국 수직감염이었던 건가?"

"네, 그렇게 보는 것이 합리적이라고 생각합니다."

"하아, 그렇다고 해도 이건 좀 너무하지 않나? 이미 30년이 지났는데?"

고함 교수가 어이없다는 듯이 자신의 이마를 문질거렸다.

"김귀남 선생이 더할 나위 없이 건강했다는 게 문제겠지요."

"흐음, 아무튼 수고했어. 자네가 한 건 한 것 같구먼. 그나저나 한 교수는 이 사실을 알고 있나?"

"아뇨, 지금 교수님께 처음 말씀드리는 겁니다."

"그래? 그러면 자네가 바로 한 교수한테 알려 줘."

"네, 그렇게 하겠습니다."

"그나저나, 김귀남 입장에서야 기뻐 날뛸 일이긴 하지만, 한 교수 입장에선 김이 새 버리겠군."

"……."

"난감하겠군. 웃을 수도 그렇다고 울 수도 없는 상황이 되어 버렸어. 자네도 알잖아, 한 교수가 이번 수술에 얼마나 공을 들였는지. 선배 등에 칼까지 꽂으면서 말이야."

이번 수술을 위해 한상훈 교수가 한 짓(?)을 볼 때 충분히 그럴 수 있었다.

"네, 잘 알고 있습니다. 다만, 다른 사람도 아니고 우리 병원 의사인데, 좋아하실 겁니다."

"암, 그래야지. 아무리 출세에 눈먼 인간이라도, 사람 가죽을 뒤집어썼으면, 그러면 안 되지, 암!"

고함 교수가 고개를 끄덕였다.

과연 그럴까요, 교수님?

이제부터 그 못된 기생충 한 마리를 길들여 보려고 합니다.

♥

한상훈 교수 연구실.

"교수님, 저 김윤찬입니다."

"들어와요."

흥얼흥얼, 무슨 기분이 그리 좋은지 한상훈 교수가 유행가를 흥얼거리며 나를 맞았다.

"교수님, 드릴 말씀이 좀 있습니다."

"우리 치프 선생님께서 이런 누추한 곳까지 웬일이십니까? 어서 들어오세요."

개새끼, 자기 기분 좋으면 존대고 그렇지 않으면 반말이냐?

배배 꼬인 꽈배기처럼 꼬일 대로 꼬인 한상훈의 심사였다.

"김귀남 환자, 수술 일정이 어떻게 되는지 궁금해서요."

"아……. 그랬나? 그나저나 그건 왜?"

한상훈 교수가 모른 척 시치미를 뗐다.

그건 왜라고?

흉부외과 치프로서 당연히 알고 있어야 하는 사항 아닌가?

그런데 그건 왜라니.

어처구니없는 질문이었다.

"아직 스케줄이 제게 넘어오지 않아서 말입니다. 환자정보 시스템에도 업데이트가 안 되어 있고……."

"그런 건 김 선생이 신경 쓸 거 없어요. 내가 알아서 할 테니까."

그 말은 수술방에 어시스트로라도 날 데리고 들어갈 마음이 없다는 뜻이리라.

한상훈이 이마를 긁적거리며 시선을 회피했다.

"아…… 네. 그래도 환자정보 시스템엔 올려놔 주셔야……."

"알았어. 알았으니까 자네는 신경 쓰지……. 아, 맞다! 김윤찬 선생이랑 김귀남 환자가 친구지?"

내가 김귀남이 친구인 건, 지하 3층 매점 아주머니도 다 아는 사실이다, 인간아.

"그렇습니다."

"많이 친한가?"

"네. 그러면 안 됩니까?"

"아아, 아니아니. 두 사람이 친해지기엔 조금 차이가 있는 것 같아서 말이야."

은근히 사람 엿 먹이는 데는 선수급이었다.

"……네, 맞습니다. 제가 김귀남 선생보다 키는 좀 큽니다."

"하하하, 그건 또 무슨 아재 개근가? 아무튼, 기특해? 끔찍이 친구를 챙기려는 우정이 말이야."

한상훈이 여전히 콧노래를 부르며 차트를 뒤적거렸다.

쓸데없이 우정의 범위를 넘어서지는 말라는 일종의 개똥 같은 경고였으리라.

"언제 수술입니까?"

"어디 보자. 내일모레 오전 10시로 잡혔네? 이제 곧 시스템에 업데이트하도록 하지."

"그렇습니까?"

"그래요, 수술은 잘될 거니까, 아무 걱정 하지 말아요. 내가 김 선생 친구는 반드시 살려 낼 거니까."

한상훈 교수가 어깨를 들썩이며 자신감을 내비쳤다.

"네, 저도 교수님의 실력을 믿습니다. 이 분야 최고시니까요."

"후후후, 썩 칭찬같이 들리지는 않는군. 아무튼, 그렇게 생각해 준다니 다행이에요."

반말과 존대를 섞는 애매한 말투였다.

"진심입니다."

"그렇게 각 잡고 심각한 표정으로 말하니까 더 의심스러운데? 하하하, 아무튼 고맙군."

"……."

"그나저나 평소에는 얼씬도 않는 내 방을 찾아왔을 때는 다른 용무가 있을 것 같은데 말이야?"

"……."

"아하! 이번 수술에 김윤찬 선생이 빠져서 섭섭했나 보군요? 너무 섭섭하게 생각하지 말아요. 김윤찬 선생의 실력이 출중하다는 건 나도 잘 알지만, 수술방에도 궁합이라는 것이 있거든. 이왕 하는 수술인데, 손발이 맞는 선생들하고 해야 하지 않겠나?"

나와는 손발이 안 맞는다는 건가?

하여간, 돌려 까는 데는 천부적인 재능을 타고난 인간이었다.

"네, 그렇게 하십시오. 전 상관없습니다."

"그래요, 이해해 준다니 고마워요. 그나저나, 어쩌지? 난 저녁 약속이 있어서 그만 나가 봐야 하는데? 같이 저녁이라도 먹었으면 좋겠지만 힘들겠는걸."

한상훈이 옷걸이에 가운을 벗어 걸며 말했다.

"네, 저도 중환자실에 가 봐야 해서요. 다만, 몇 가지 검사 의뢰를 드리려고 찾아왔습니다."

"검사 의뢰? 자네, 어디 아픈가?"

"저 말고, 김귀남 환자 말입니다."

"……김귀남 환자??"

김귀남이란 말에 한상훈이 민감하게 반응했다.

"네, 그렇습니다."

"김귀남 환자가 뭐?"

한상훈이 옷장에서 슈트를 꺼내려다 말고 자리에 앉았다.

"혈청검사를 해 봐야 할 것 같습니다."

"혈청검사를 해? 그걸 왜 해야 하는데?"

혈청검사란 말 한마디에 얼굴색을 바꾸는 한상훈이었다.

"좀 이상합니다. 암이라고 하기엔 너무 전격적입니다. 보통의 폐 선암과는 양상이 달라서요."

"……그래서?"

"폐디스토마 감염이 의심되므로, 혈청검사를 해 보는 것이 좋을 것 같습니다. 그리 어려운 건 아니니까요."

"폐디스토마라……. 좋아, 그거야 뭐 어려울 게 있겠나? 그렇게 하도록 하지."

잠시 생각에 잠기는 듯하더니, 흔쾌히 내 제안을 받아 주었다.

"네, 감사합니다."

"뭐, 감사할 것까지야. 만사 불여튼튼이라고 하지 않나? 의사가 모든 경우의수를 살펴보는 거야 기본이지. 아무 걱정 마, 확인해 볼 테니까. 나가서 일 보도록 해요."

"네, 교수님. 전 그만 나가 보도록 하겠습니다."

"그래요, 수고해요."

　과연 한상훈이 혈청검사를 할까?

　아니!

　스스로 한 질문에 빛과 같은 속도로 돌아온 대답이다.

　지금 귀남이는 폐 선암이어야 한다.

　아니, 암이 아니더라도 암이어야 한다.

　한상훈의 귀중한 환자의 몸에 폐디스토마 따위가 얼씬거려서는 안 된다.

　검사를 하든, 안 하든 김귀남의 폐 속엔 디스토마 알집이 아닌 딱딱하게 굳은 종양이 터를 잡고 있어야만 했다.

　그래야 한상훈이 살 수 있는 길이 열리니까.

　그날 밤.

　딸깍.

　─폐디스토마라……. 좋아, 그거야 뭐 어려울 게 있겠나? 그렇게 하도

록 하지.

집으로 돌아온 난, 만년필형 녹음기를 재생해 선명한 한상훈 교수의 목소리를 확인할 수 있었다.

♥

다음 날 저녁, 수술을 하루 앞둔 상황. 한상훈 교수가 김귀남을 찾아왔다.

"김귀남 선생, 컨디션은 좀 어때요?"

"나쁘지 않습니다."

"다행이네요. 지금부터는 금식인 거 알죠?"

"네."

"좋습니다. 그럼 가슴 소리 좀 들어 볼게요."

한상훈 교수가 환한 얼굴로 청진기를 집어 들었다.

"교수님, 잠시만요. 그 전에 여쭤보고 싶은 말이 있어요."

김귀남이 환자복 단추를 풀려다 말고 한상훈을 응시했다.

"네, 그래요. 뭐가 궁금하십니까?"

"……제가 폐암이 맞습니까?"

"흐음…… 걱정 말아요. 제가 최대한 살려 보겠습니다."

"아뇨, 제 질문은 제가 폐암이 맞냐는 겁니다. 제가 폐암이 맞습니까?"

"알아요. 환자 입장에선 그럴 수 있습니다. 아직은 받아들이기가 쉽지 않다는 거 잘……."

"폐암이 맞냐고 물었습니다!"

김귀남이 좀 더 강한 어조로 한상훈의 말허리를 잘라 버렸다.

"암일 확률이 높아요."

"좋습니다. 그렇다면 암이 아닐 확률은 어떻게 됩니까?"

"하아, 김귀남 환자! 지금 뭐 하자는 겁니까? 난, 당신의 주치의이자 집도의입니다. 환자분의 심정은 충분히 이해하지만, 절 믿고 따라 주셔야 합니다. 내일이 수술이에요."

조금은 답답했는지, 한상훈 교수가 목소리 톤을 높였다.

"왜 자꾸 제 질문에 즉답하시지 않는 겁니까? 질문이 어려우면 다시 묻겠습니다. 제가 폐암이 아닐 확률은 얼마나 됩니까?"

"……하아, 어린애처럼 왜 그러십니까? 지금 어리광을 부리는 것도 아니고, 수술 하루 앞두고 이러시면……."

"제가 암이 아니라, 폐디스토마에 감염되었을 확률은 없는 겁니까?"

"하아…… 결국 이거였나? 김윤찬 선생이 그러던가요, 폐디스토마일 수도 있다고?"

한상훈 교수가 미간을 잔뜩 일그러뜨렸다.

"그럼 아니라는 겁니까? 제가 알기론 폐디스토마의 기전에 암으로 오인할 수 있는 부분이 있다고 하던데요?"

"……지금 주치의 말보다 전문의 자격도 없는 레지던트의 말을 더 신뢰하는 겁니까?"

"아뇨, 전 객관적인 자료를 신뢰합니다. 제 혈청검사 결과 나왔습니까? 김윤찬 선생이 검사 의뢰를 했던 걸로 아는데요?"

'아니, 김윤찬 이 미친놈이!'

한상훈이 송곳니를 드러내며 어금니를 악다물었다.

"……지금, 뭐 하자는 겁니까? 검사를 하든, 안 하든! 그건 제가 결정합니다. 제 소견상 폐디스토마일 가능성은……."

"한상훈 교수!"

그 순간, 고함 교수가 병실 안으로 들어왔다.

"교수님이 여길 왜?"

"아, 기쁜 소식이 있어서 말이야. 내가 가만있을 수 있어야지! 조금이라도 빨리 알려 주려고 왔네."

"네? 그게 무슨 말입니까?"

"오늘 김귀남 환자 혈청검사 결과가 나왔는데, 폐디스토마 양성 반응이 나왔어! 이보다 더 좋은 소식이 어딨나? 안 그래?"

"……네? 그, 그게 무슨 말씀이십니까??"

"왜 그래? 자네가 혈청검사 의뢰한 것 아닌가? 난, 누구보다 자네가 기뻐할 줄 알았는데? 자, 봐 봐."

고함 교수가 한상훈에게 결과지를 건네주었다.

"이, 이게 결과라고요??"

결과지를 살펴보는 한상훈의 눈동자가 마구 흔들렸다.

"뭘, 그렇게 놀라? 자네가 의뢰한 거 아니었나?"

"아니…… 이게 지금."

한상훈이 결과지를 꾹꾹 손으로 짚어 보며 말을 더듬었다.

"프라지 콴텔 몇 알이면 해결될 걸, 애먼 가슴을 열 뻔했 잖나?"

"……."

한상훈이 여전히 상황 파악이 되지 않은 듯 눈알을 굴렸 다.

"아이고 다행이야, 김귀남 선생! 하마터면 리턴매치 못 할 뻔했어? 내가 다른 건 몰라도 술 내기는 지고 못 사는 성격 이거든!"

"그러게요. 하늘이 도운 것 같습니다."

"에이, 운이 아니지. 우리 한상훈 교수가 끝까지 최선을 다한 결과야. 안 그런가?"

"네에, 저도 그렇게 생각합니다. 한상훈 교수님, 정말 감 사합니다!"

김귀남이 일어나 90도 각도로 허리를 굽혔다.

"아…… 그래요. 일단, 오늘은 푹 쉬시고 내, 내일 다시 얘 기합시다. 난, 중환자실에 가 봐야 해서."

"네, 교수님! 내일 뵙겠습니다."

"그, 그래요. 쉬어요."

이미 목 밑까지 새빨개진 한상훈이 황급히 병실을 빠져나갔다.

"교수님, 제가 경솔했습니다. 죄송합니다."

한상훈이 나가자 김귀남이 고함 교수에게 정중하게 인사했다.

"괜찮아. 나 같아도 그랬을 거야."

"아닙니다. 제가 아직 철이 덜 들었던 것 같습니다. 저런 사람을 믿고 몸을 맡기려 했으니까요."

"……나도 자네가 페디스토마에 걸렸을 거라곤 생각도 못했어. 한 교수나 나나 마찬가지였을 걸세. 괘념치 말게나."

고함 교수가 대수롭지 않다는 듯이 고개를 내저었다.

"네. 아무튼, 우리 윤찬이 덕분에 저 살았어요. 정말 이 은혜를 어떻게 갚아야 할지 모르겠네요?"

"그런 거 없어, 친구끼린."

"아무리 그래도, 제 생명의 은인인데요."

"후후후, 정 그렇게 은혜를 갚고 싶거든, 항상 김윤찬 선생 옆에 서 있어 주게나."

"네? 그게 무슨?"

"자네가 옆에 서 있어 주는 것만으로도 김윤찬 선생에겐 힘이 될 걸세."

"……네, 그렇게 하겠습니다."

"하아, 그건 그렇고 듣자 하니 자네 술 스승이 김윤찬이라면서?"

"하하하! 네, 들으셨어요?"

"당연하지. 그럼 나랑 술 내기 한 건 완전 무효야. 다시 붙어. 김윤찬이는 원래 열외거든!"

"좋습니다!"

김귀남이 고함 교수의 술 내기 제안에 밝은 미소로 화답했다.

❤

이튿날, 최종적으로 폐 조직 검사를 시행했고, 김귀남의 병명은 폐 선암이 아닌, 폐디스토마 감염으로 최종 확진되었다.

김귀남이나 그의 부모님들이나 놀란 가슴을 쓸어내리는 순간이었다.

한상훈 교수 연구실.

모든 사람이 안도의 한숨을 내쉬는 그 순간에 초조할 수밖에 없는 단 한 사람.

난 한상훈 교수의 연구실을 찾아갔다.

물론, 그의 목소리가 녹음된 파일 사본을 들고 말이다.

다음 권으로 이어집니다

이윤규 대체역사 소설

개혁군주

**조선의 황혼기를 전성기로 바꿀
전후무후한 개혁 군주가 나타났다!**

교통사고를 당하고
건륭 60년의 어린 순조로 깨어난
대통령 후보 공보

6년 뒤 정조의 사망과 함께 시작된 세도정치로 인해
조선이 서서히 몰락한다는 사실을 깨달은 그는
정조를 설득해 나라를 개혁하기로 결심하는데……

정조의 건강부터 동아시아 세력 개편까지
뜯어고칠 것은 많지만, 시간은 단 6년뿐!

**예정된 파멸을 뛰어넘기 위해서는
모든 것을 뒤엎어야 한다!
조선을 미래로 이끌기 위한 분투가 펼쳐진다!**

꿈의 도약, 로크에서 하십시오
(주)로크미디어에서 신인 작가를 모십니다

즐거운 세상, 로크미디어는 꿈을 사랑하고 도전을 두려워하지 않는 작가 분들의 참신한 작품을 기다리고 있습니다. 21세기 장르 문학계를 이끌어 갈 차세대 선두 주자 (주)로크미디어에서 여러분의 나래를 활짝 펴 보시길 바랍니다.

모집 분야 판타지와 무협을 포함한 장르 문학
모집 대상 아마추어 작가, 인터넷 작가
모집 기한 수시 모집

작품 접수 시 유의 사항

1. 파일명은 작가명_작품명.hwp형식을 갖춰 주십시오.
1. 파일에 들어갈 내용은 다음과 같습니다.
    - 성명(필명인 경우 실명을 밝혀 주세요), 연락처, 이메일 주소
    - 제목, 기획 의도
    - A4용지 1장 분량의 등장인물 소개
    - A4용지 2장 분량의 전체 줄거리
    - 본문
1. 작품이 인터넷에 연재되고 있다면, 게시판명과 사이트의 구체적이고 정확한 주소를 기재해 주십시오.

선택된 작품은 정식 계약 후 출판물로 간행되어 전국 서점에 유통됩니다.
작가 분은 (주)로크미디어의 전폭적인 지원하에 전속 작가로 활동하시게 됩니다.
※ 자세한 내용은 로크미디어 홈페이지(rokmedia.com)를 참조하세요.

(03920)서울시 마포구 성암로 330 DMC첨단산업센터 3층 318호
(주)로크미디어 편집부 신간 기획 담당자 앞
전화 : 02) 3273-5135
www.rokmedia.com   이메일 : rokmedia@empas.com

만렙닥터

13월생 현대 판타지 장편소설

리턴즈

인생 2회 차 경력직 신입
칼솜씨도, 인성도 '만렙'인 의사가 돌아왔다!

만성 인력난에 시달리는 흉부외과에 들어온 인턴
메스도 잡아 본 적 없는 주제에
죽을 생명을 여럿 살려 내기 시작한다?

"이 새끼, 꼴통 맞네."
"죄송합니다."
"잘했어!"
"네?"

출세만을 좇으며 살았던 전생
이렇게 된 이상 인생도 재수술 한번 가자!

무데뽀(?) 정신으로 무장한 회귀 의사
이제부터 모든 상황은 내가 집도한다!

南魔客帝 남궁마제

문운도 신무협 장편소설

회귀한 뇌왕, 가족을 지키기 위해 정파의 중심에서 제대로 흑화하다!

세상을 뒤집으려는 귀천성에 맞서 싸우다
가족을 모두 잃고 제물로 바쳐진 뇌왕 남궁진화
마지막 순간 원수의 뒤통수를 치고 죽으려 했으나
제물을 바치는 진법이 뒤틀리며 과거로 회귀하다!?

남궁세가의 양자가 된 어린 시절로 돌아온 후
귀천성이 노리는 자신의 체질을 연구하다 기연을 얻고
회귀 전과 다른 엄청난 미모와 함께
뇌전의 비밀마저 알아내 경지를 뛰어넘는데……

가족들에게는 꽃처럼 사랑스러운 막내지만
적이라면 일단 패고 보는 패악질의 끝판왕!
귀천성 때려잡기에 나서다!